살짝 부끄러워하는 모습을
내게만 보여주는 학원의
공주님
2
아마네 메구미
일러스트 유키미야 우세

"후훗.
얼굴이 빨개졌어요."
두근거리는 시착

"어, 어떤가요……
타쿠미?"

두 사람의 메이드복 코스프레

유즈리하 유키　21세 / 159cm

타쿠미를 전속 카메라맨으로 삼은 인기 코스어.
타쿠미를 오냐오냐하고 싶은 모성과도 비슷한 감정을 느끼지만 마지막 한 발을 내디디지 못하고 있다. 믿음직한(?) 누나지만 다른 사람 앞에서는……?

시노미야 리노아 15세 / 154cm
문무를 두루 갖춘 학원의 공주님.
타쿠미에게는 소악마 같은 태도도 보이며 이따금 폭주하기도.
언니인 아리스에게는 복잡한 감정을 품고 있다.

시노미야 아리스 20세 / 161cm

리노아의 언니.

독립해서 모델 활동을 하며 생계를 유지하고 있다.

사랑하는 동생을 걱정하지만, 제대로 대하지 못하고 헛돈다.

살짝 부끄러워하는 모습을 내게만 보여주는 학원의 공주님 2

아마네 메구미 지음 / 유키미야 유게 일러스트 / 조민경 옮김

소미미디어

conte

nts

커버 그림, 본문 일러스트 | **유키미야 유게**

프롤로그

휴일 오후의 일이다. 나는 연속된 초인종 소리와 스마트폰 착신음에 눈을 떴다. 발신자를 확인한 나는 황급히 침대에서 일어나 현관으로 달려갔다.

"좋은 아침이에요, 안노."

문을 열자 그곳에는 나, 안노 타쿠미의 반 친구이자 옆자리인 소녀 ——학교에서는 '성녀', '공주님' 등 대단한 별명으로 불리는 미녀—— 시노미야 리노아가 웃으며 서 있었다.

"……좋은 아침, 시노미야."

졸린 눈을 비비며 숙면을 방해받은 불만을 최대한 얼굴에 드러내지 않고자 감정을 죽인 목소리로 방문자를 현관으로 들였다.

"사실 좋은 오후라고 해야 할 시간이에요. 안노, 혹시 자다 깼나요?"

"응. 누군가가 끈질기게 초인종을 누르면서 전화를 거는 바람에 깼어."

"결국 제 모닝콜이 도움이 됐다는 거네요?"

"밤새운 게 아니었으면 진심으로 고마웠을 거야."

그렇게 가볍게 말하고는 있지만, 내가 다니는 긴카 고등학교에는 시노미야 리노아의 팬클럽이 존재하며, 이 일이 그 회원들에게 알려지면 나는 즉각 책형에 처해질 것이다.

"그럼 다음 주부터 제가 안노의 알람 시계가 될게요!"

"정중히 거절하겠습니다."

절벽 위의 꽃인 시노미야와 거리가 급격히 줄어든 것은 시간을 거슬러 올라가 약 2개월 전. 벚꽃이 흩날리는 봄.

아무도 없는 방과 후 빈 교실에서 교복을 풀어 헤치고 난잡한 제 모습을 필사적으로 셀카로 찍는 장면과 맞닥뜨렸고, 그 비현실적인 광경과 아름다움을 본능적으로 사진에 담은 것을 계기로 그녀와 비밀스러운 관계가 시작되었다.

그런, 말로 하자니 얼토당토않은 만남이 있은 지 벌써 두 달 남짓. 일 년에 한 번뿐인 황금연휴도 진즉에 끝나고 계절은 장마철.

여느 때처럼 오늘 아침도 습도가 높아 끈적끈적하기에 불쾌지수가 높은 가운데, 시노미야가 약속도 없이 찾아왔다.

"농담은 여기까지 하고. 휴일이라고 해서 게으르게 늦잠 자면 안 돼요."

"엄마 같은 소리를……. 어쩔 수 없잖아. 유즈하 씨의 사진집 제작 때문에 편집 작업을 해야 하니까."

하품을 참으며 나는 대답했다. 유즈하 씨는 월말에 개최되는 이벤트에서 책을 내게 되어 있지만, 중간고사 등등 때문에 작업하지 못했기에 발등에 불이 떨어졌다. 다소 무리해서 만회하지 않으면 시간 안에 맞추지 못할 것이다.

"그 사진 편집이라는 건 혹시 지난 주말에 제 제안을 거절했을 때 찍은 건가요?"

말투에 어쩐지 가시가 느껴지지만 신경 쓰지 않도록 하고, 일단 나는 시노미야를 집 안으로 들였다. 이유는 모르지만 일부러 찾아온 사람을 즉시 가라고 할 정도로 나는 매정하지 않다.

거실로 안내한 뒤 일단 나는 방으로 돌아가 옷을 갈아입었다. 까치집은 그렇다 쳐도 잠옷 차림으로 응대하기는 부끄러웠다.

"기다리게 해서 미안해── 그런데 시노미야, 뭐 해?"

내가 돌아오자 어찌 된 일인지 시노미야가 주방에 서서 요리하고 있었다. 게다가 앞치마를 입고. 너무나도 잘 녹아들어서 그녀와 동거하는 줄로 착각할 뻔했다.

"보다시피 점심을 만들고 있어요. 안노는 방금 일어나서 아직 아무것도 안 먹었죠?"

"그렇긴 한데……."

"마침 남은 파스타가 있으니 빨리 만들게요. 안노는 앉아서 기다리세요."

"……알겠어."

떨떠름하게 고개를 끄덕이고 시노미야의 말대로 의자에

앉았다. 사실 남의 집 냉장고를 멋대로 뒤지며 요리하는 모습이 퍽 이상하진 않다. 왜냐하면 우리 집 냉장고 사정은 시노미야가 관리한다고 말해도 과언이 아니기 때문이다.

『안노는 조금 더 영양가 있는 음식을 먹어야 해요!』

어렸을 때부터 부모님이 일 때문에 집을 비우는 일이 많았기에 생활 능력, 특히 식사 준비에는 자신이 있었지만, 시노미야에게 고맙게도 가차 없는 지적을 받았다. 딱히 컵라면이나 냉동식품만 먹은 건 아닌데.

그 결과 어떻게 되었냐면, 일주일에 한 번, 수업을 마친 방과 후에 함께 슈퍼에 장을 보러 가게 되었다. 단연코 동거하는 커플 같다고 생각하지 않고, 이 시간을 남몰래 기대하지도 않는다.

멍하니 그런 생각을 하며 요리하는 시노미야의 뒷모습을 바라보았다. 요즘에는 그 뒷모습이 엄마의 그것으로 보여 잠결에 안긴 추태를 부린 참이었지만, 이렇게 정신이 또렷한 상태로 다시 보니 정말로 그럴싸했다. 그저 탁탁 기분 좋게 식칼로 식재료를 자를 뿐인데 어렴풋이 색기마저 느껴졌다.

혼자 있는 게 익숙해서인지 오히려 누군가가 집에 있는 광경이 귀중했고, 상대가 시노미야라 괜히 두근거렸다. 이 집에서 촬영은 몇 번인가 해봤지만, 그때와는 또 다른 긴장감이었다.

"………."

감정을 달래듯 나는 스마트폰의 카메라를 켠 뒤 조용히 잡았다. 도촬에 꺼림칙한 기분을 느끼지 않는다면 거짓말이겠지만, 이건 평범한 일상을 담는 것뿐이다. 환복이나 입욕 중에 몰래 찍는 게 아니다. 스스로 그렇게 되뇌며 진지한 얼굴로 간을 보는 중인 시노미야를 사진에 담았다.

"후훗. 이런 모습을 찍어도 재미없을 텐데요?"

찰칵, 하고 울린 셔터 소리에 반응해 시노미야가 쓴웃음을 지으며 돌아보았다. 응, 이 아무렇지도 않게 자연스러운 느낌이 좋다. 이어서 또 한 장을 찰칵 찍었다.

"정말이지……. 찍히는 건 싫지 않지만, 이왕이면 촬영회를 하지 않을래요? 그게 더 좋은 사진을 찍을 수 있을 텐데요?"

"그래. 이왕 찍을 거면 스마트폰이 아니라 더 본격적인 카메라로 찍을 걸 그랬네."

"……안노는 혹시 앞치마에 흥분하는 사람이었나요?"

"시노미야의 앞치마 차림에 흥분하지 않을 남자는 없을걸."

그렇게 말하면서 한 번 더 셔터를 눌렀다.

정확히 말하자면 '나를 위해 점심을 만들어 주는 새신부 같은 시노미야의 앞치마 차림이 너무나도 아름다웠다'는 사실 때문에 사진을 찍고 싶어졌지만, 이걸 입 밖에 내기는 부끄러웠기에 마음속에 묻어 두었다.

순간의 아름다움을 놓치지 않고 영원히 기록한다. 그것이 아빠에게 물려받은, 카메라맨으로서의 내 신조다.

그리고 마음속으로 그 순간을 담고 싶다고 처음으로 생각한 상대가 눈앞에서 부끄러운 듯 뺨을 빨갛게 물들이고 있는 반 친구 시노미야 리노아였다. 그런 사람이기에 별거 아닌 요리를 하는 모습조차 눈부셨다.

"그런가요? 앞치마를 입고 평범하게 요리할 뿐인데 흥분되나요?"

"그래. 남자는 때로 단순한 생물이 되거든."

"그렇군요……. 뭐, 제가 앞치마를 입고 요리하는 모습을 보여주는 사람은 안노밖에 없어요. 마음껏 찍어도 돼요."

그렇게 말했을 때 삐비빅, 하고 타이머가 요란하게 울렸다. 파스타 면이 다 삶아졌는지, 시노미야는 대화를 끊고 작업으로 되돌아갔다. 그 모습을 보며 나는 얼굴에 손을 대고 하늘을 올려다보았다.

[@19/삽화]

"……그 기습은 반칙이야."

결국 지금으로선 시노미야의 새신부 차림은 나밖에 모른다. 이것을 스마트폰에 담을 수 있었던 건 그야말로 행

운이라고 말할 수 있지만, 동시에 자칫 잘못하면 중대한 사안으로 번질지도 모른다.

개인 정보를 포함해 스마트폰에는 다양한 정보가 담겨 있다. 생활에 빠질 수 없는 필수품이며 이것 하나만 있으면 뭐든 가능하지만, 그렇기에 분실하거나 타인의 손에 넘어가면 일이 커진다.

보안을 걸어두기는 했지만 실수로 풀려서 안에 있는 시노미야의 앞치마 차림 사진을 들키기라도 한다면……. 심지어 교실에서 교복을 풀어 헤친 시노미야를 몰래 찍은 사진을 들킨다면 그 순간에 내 인생은 끝장이다.

"……컴퓨터에 데이터를 옮겨야겠다."

별생각 없이 교실에서 다시 보다가 누군가에게 들킬지도 모르고, "잠깐 빌려줘"에서 유출될 수도 있다. 온갖 가능성을 고려하며 늦기 전에 스마트폰에서는 시노미야에 관한 사진을 지워 두자.

"오래 기다렸죠, 안노."

내가 결심을 굳힌 타이밍에 시노미야가 양손에 접시를 들고 주방에서 나왔다. 마늘과 후추의 향긋한 냄새에 식욕이 촉진되었다.

"시간과 재료가 있었으면 조금 더 나았을 테지만…… 오늘은 이걸로 봐주세요."

"아니야. 이것도 충분해. 정말 맛있어 보인다. 애썼어.

고마워, 시노미야.”

별거 아니라는 식으로 말하며 시노미야는 쓴웃음을 지었지만, 짧은 시간 동안 즉석으로 만든 데에는 칭찬의 말밖에 나오지 않았다.

“약속도 없이 찾아온 건 저니까요. 이 정도는 하게 해주세요.”

“그러고 보니 집에 온 이유를 묻는 걸 깜빡했네.”

내가 옷을 갈아입는 사이에 점심을 만들기 시작했기에 물을 타이밍을 놓쳤단 걸 이제야 떠올렸다. 놀라기는 했지만 분명 별일은 아닐 테니 사정 청취는 이 파스타를 먹은 뒤에라도 늦지 않을 것이다.

“할 말은 많지만, 우선은 허기부터 달래요. 배고프면 싸울 수 없다잖아요.”

“잠깐만. 설마 나랑 싸우러 온 거야?”

이야기의 흐름이 변했다. 그런 흉흉한 단어는 역사 수업만으로 충분하다. 일상 대화에서는 듣고 싶지 않았다.

“네, 맞아요. 이건 어떤 의미로 제겐 싸움이에요.”

그렇게 말한 시노미야는 빙긋 웃었다. 슬프게도 그 가련한 표정과는 정반대로 입에 올린 내용은 각오를 다진 전국(戰國) 무장처럼 무섭기 그지없었다.

“이왕이면 먹으면서 얘기할까요? 안노에게도 변명을 생각할 시간이 필요할 테니까요.”

마치 이제부터 취조를 시작할 듯한 시노미야의 말에 나는 무심결에 마른침을 삼켰다. 미녀의 미소에 공포를 느끼는 날이 올 줄이야. 하지만 화날 짓을 한 기억은 없기에 빨리 석방되길 바랐다.

"저기, 안노. 이건 대체 어떻게 된 일인가요?"

시노미야가 테이블 위에 스마트폰을 슥 내밀었다. 그곳에는 한 장의 사진이 있었다. 그것은 그녀의 언니이자 모델이기도 한 시노미야 아리스가, 침대 위에서 포근한 파자마를 풀어 헤치며 미소 짓는 모습이었다.

여고생치고는 시노미야도 성숙한 편이지만, 언니인 아리스 씨에게는 댈 바가 아니다. 더구나 평소에도 업무상 연출에 익숙한 탓인지 살갗을 드러내며 보는 이를 유혹하는 색향이 화면 너머로도 전해졌다.

"아아, 이건…… 그거야. 아리스 씨의 포트폴리오라고나 할까……? 절대 이상한 게 아니야."

"안노에게 이상한 마음이 없다는 건 알아요. 제가 묻고 싶은 건, 왜 안노가 언니 사진을 찍느냐예요."

조용한 음성과는 정반대로 그 말에서는 거짓은 물론이거니와 적당히 넘어가는 것조차도 허용되지 않는 압박감이 느껴졌다.

"안노는 유즈하 씨의 전속 카메라맨이라고 했죠? 언니를 찍어도 되나요? 유즈하 씨에게 혼나는 거 아니에요?"

"그렇긴 한데……."

시노미야의 지당한 지적에 말문이 막혔다.

이벤트에 참가하면 인파가 생기고, 동인지를 내면 금세 완판된다. 심지어 최근에는 애니메이션 엔딩 송을 부르는 등, 코스프레 이외에도 활동의 폭을 넓히고 있는 초인기 코스플레이어. 그것이 유즈하 씨다.

나를 반쯤 강제로 전속 카메라맨 삼았고, 어찌 된 영문인지 나 말고는 개인 촬영을 하지 않으며, 내가 자신 이외의 코스어를 찍는 것을 인정하지 않는 사람이기도 하다.

"유즈하 씨와 아리스 씨는 대학 선후배 사이라나 봐. 그 인연으로 지난주 촬영회에 아리스 씨도 왔어."

"지난주라면 제가 촬영회를 하자고 제안했던 날이죠?"

"거절한 건 미안하지만, 유즈하 씨와의 약속이 먼저였어."

흐름이 그랬다고는 하지만, 아리스 씨도 찍게 된 것은 완전히 예상 밖의 일이었다.

"결국 안노는 저를 내버려 두고 다른 여성과── 하필이면 언니도 같이 즐겼다니……. 안노도 여간내기가 아니네요."

"즐겼다니…… 말에서 악의가 느껴지는 건 기분 탓이겠지?"

심장이 아팠다. 마치 아내에게 외도를 들킨 남편이 된 기분이었다. 딱히 시노미야와 나는 그렇게 특별한 관계가 아닌데 왜 이런 기분을 느끼는 걸까?

"언니를 찍는 걸 유즈하 씨는 OK했겠지요?"

"……네. 맞습니다."

공주님의 조용한 노기에 맞설 수 없었다. 마음속으로 "혹시 아리스도 같이 어때?"라고 유즈하 씨에게 제안받았다고 덧붙였다.

"그 말에 거짓은 없겠지요?"

"이 상황에 거짓말해서 뭐 하겠어. 원한다면 유즈하 씨에게 직접 연락해서 확인해도 좋아."

"안노가 그렇게까지 말한다면 믿을게요. 하지만 유즈하 씨에게 어떤 심경의 변화가 생겼는지는 신경 쓰이네요."

"아아, 그거라면 이유는 들었어. '타쿠미의 견문을 넓히기 위해서는 딱 좋지 않을까?'랬어."

유즈하 왈, 코스플레이어라지만 자신은 아마추어. 그에 반해 아리스는 프로 모델로 일하고 있다. 그런 사람을 촬영하는 것도 좋은 공부가 될 거라며 벌레 씹은 얼굴로 말했다.

"유즈하 씨는 안노를 정말로 아끼는군요. 그렇지 않고서는 견문을 넓히기 위해서라는 말을 하지 않을 거예요."

"감사한 이야기지. 그런 것치고는 아직도 다른 코스플레이어는 찍지 말라고 귀에 못이 박히도록 말하고 있지만."

시노미야와 아리스 씨가 예외일 뿐, 유즈하 씨 이외의 코스어와 개인 촬영 허가는 아직 나지 않았다. 그야말로 견문을 넓히기 위해 촬영하고 싶은 마음도 없지 않지만, 유즈하 씨 이외의 사람은 그리 쉽게 찾을 수 없는 것 또한 사실이다.

"사진 건은 이해했어?"

"네. 안노가 언니에게 욕정을 느껴서 유즈하 씨에게 '찍게 해주세요'라고 엎드려 빈 게 아니란 걸 알아서 일단 안심했어요."

"욕정이라니……."

"느낀 건 아니죠? 저 말고 다른 여성에게 욕정을."

"아리스 씨에게 욕정을 느낄 리가 없잖아?! 물론 시노미야에게도 그렇고! 그보다 그 질문은 좀 이상하지 않아?!"

마치 내가 시노미야에게 부정한 감정을 품고 있다는 듯한 말투에 온 힘을 다해 반론했다. 나 참. 그런 마음은 눈곱만큼도 품지 않았다고 하면 거짓말인 게 솔직한 심정이다. 그렇다고 해서 본능에 몸을 맡기지는 않겠지만.

"으음…… 그렇게 온 힘을 다해 부정하니 그건 그것대로 여자로서의 자신감이 없어지는데요."

"어떻게 대답해야 하는 거야……."

뺨을 잔뜩 부풀리며 토라지는 시노미야에게 나는 한숨을 쉬었다. 나로서는 렌즈 너머라지만 청초하고 가련한 공주님의 얼토당토않은 모습을 볼 때마다 심장이 터질 것 같다.

더구나 젖은 눈동자로 내 이성을 시험하듯 다가오기에

마음은 늘 전쟁통이다. 그런 말을 하면 금세 우쭐할 테니 하지 않을 거지만.

"앗, 마지막으로 하나 더 묻고 싶은 게 있는데 괜찮을까요?"

"어차피 안 된다고 해도 물어볼 테니 그렇게 해……."

"왜 언니를 '아리스 씨'라고 부르죠? 그 이유를, 제대로, 납득할 수 있게 설명해 줄래요?"

차가운 미소를 지으며 묻는 시노미야. 아뿔싸, 이 질문은 예상하지 못했다. 등에 식은땀이 흘렀다. 자, 뭐라고 변명할까?

나는 필사적으로 머리를 굴리며 이 사진을 찍기까지 있었던 일을 떠올렸다.

제1화 : 누나들과의 촬영회

6월, 행복했던 연휴가 끝날 무렵. 약 한 달 반 동안 공휴일이 없는 것만으로도 억장이 무너지는데, 하필 이때 일 년 중 가장 불쾌지수가 높아지는 장마철에 돌입하면서 내 기분은 제로를 넘어서 마이너스를 향하고 있었다.

"하아…… 졸려."

"야야, 왜 그래, 타쿠미? 아침부터 기운이 없네?"

아침 HR 전. 습한 날씨에 더해 저기압 때문에 대단히 좋지 않은 컨디션을 조금이라도 끌어올리고자 책상에 엎드린 내게 친구인 쿠키 아라타가 쓸데없이 높은 텐션으로 말을 걸었다.

"너야말로 오늘 유독 기운이 넘치네, 아라타. 무슨 좋은 일이라도 있었어?"

어쩔 수 없이 나는 무거운 머리를 들었다. 할 수만 있다면 자는 척을 하며 넘어가고 싶지만, 무시했다가는 포기하기는커녕 점점 더 성가셔질 거라는 건 지난 1년간의 경험으로 미루어 짐작할 수 있었다.

"오히려 너야말로 왜 기운이 없는지 물어보고 싶은데. 어차피 사진 편집 작업 때문일 것 같지만."

"웬일로 예리하네."

지난달 말에 있었던 중간고사 때문에 여러 진행에 차질이 생겼다. 이것을 만회하기 위해서는 필연적으로 밤늦게까지 작업을 해야 했고, 덕분에 잠이 부족한 날이 이어졌다.

"그야 작년에도 비슷했으니까. 슬슬 코미케 시즌이기도 하고. 거기서 유즈하 사진집을 낼 거지?"

"그렇지. 여유 부리면 탈고할 시간이 부족할 거야. 지금 최대한 해 둬야 해."

코미케, 즉 코믹 마켓은 매년 여름과 겨울에 개최되는 세계 최대 규모의 동인지 직매회다. 당연히 이 이벤트에 유즈하 씨도 참가하므로, 그때를 위한 신간을 만들어야 한다.

"기말고사랑 시기가 겹치지? 초인기 코스플레이어와 개인 촬영을 할 수 있는 건 부럽지만, 할 일이 많아서 힘들겠네."

"뭐, 아니라고는 못 하지. 하지만 좋아서 하는 일이니 이 정도는 아무렇지도 않아."

힘들지 않다고 하면 거짓말이지만, 그만큼 책이 완성됐을 때의 감동은 몇 번을 경험해도 각별하다. 그것이 눈앞에서 팔리는 모습을 보면 기쁨이 배가 되고, 완판된 순간은 형언할 수 없는 만족감이 마음속을 가득 채운다.

"그보다 네 기운의 비결을 알려줄래?"

설마하니 일주일 뒤면 본격적인 여름이 온다거나 한 달 정도만 참으면 여름방학이 온다는 둥, 아무리 아라타가 단

순하다지만 그런 이야기는 아니겠지?

"야야, 그야 뻔하지. 교복이야, 교복! 오늘부터 하복을 입잖아? 결국 그런 거지."

"……아니, 그게 뭐 어떻다고?"

그렇게 말하면서 대강 짐작은 했다. 다만 굳이 말하지 않는 건 다름이 아니라 아라타뿐만 아닌 이 교실에 있는 남자들의 명예를 지키기 위해서인데, 슬프게도 친구는 내 진의를 읽지 못한 모양이었다.

"하아…… 젖은 미인의 모습에 익숙한 녀석은 이래서 안 된다니까. 잘 들어, 타쿠미. 하복을 입는다는 건 옷이 얇아진다는 뜻이잖아?"

"그야 뭐……."

"그리고 지금 계절은 장마철이야. 끈적끈적하고 습도가 높지. 그리고 초여름이라 기온도 높아. 그러면 땀이 나겠지?"

"거기까지. 아라타, 더는 입을 열지 마. 널 위해 하는 말이야."

별로 좋지 못할 거라고 덧붙였지만, 아라타는 나의 충고를 무시하고 ——흡사 우리 반 남자를 대표하듯이—— 주먹을 불끈 쥐며 힘차게 말했다.

"땀이 난 살갗이나 등에 희미하게 비치는 속옷……! 보기만 해도 남자의 텐션은 오르는 법이지!"

"너란 녀석은……."

멍청하긴, 하고 마음속으로 중얼거렸다.

너무나도 예상한 대로라 나는 어깨를 으쓱하며 깊은 한숨을 내쉬었다. 하지만 교실에 있는 남자들은 크게 고개를 끄덕였기에 아무래도 여기서는 내가 이상한 모양이었다.

"닥쳐! 이참에 확실히 얘기해 두겠는데, 네가 서 있는 곳은 나를 포함한 이 세상 남고생에게는 천국이야. 하늘과 땅 차이라고."

"무슨 말이야?"

"모르겠어?! 초절정 미인에 가슴도 큰 유즈하와 항상 단둘이 있으면서 수영복이나 노출이 많은 의상을 독점하고 있잖아?! 부럽다는 말밖에 안 나온다고!"

조금 전에 힘들겠다고 말했던 혀에 침이 마르기도 전에 손바닥을 뒤집으며 발까지 동동 구르는 친구의 모습에 쓴웃음만 나왔다.

객관적으로 보자면 아라타의 주장도 일리가 있다. 유즈하 씨와 촬영할 때는 살갗 노출이나 가슴을 강조하는 의상을 입은 캐릭터 코스프레도 있다. 여름 코미케나 이달 말에 개최 예정인 즉매회 이벤트에서 낼 책을 위해 수영복이나 란제리 사진도 많이 찍었다. 물론 그런 말을 하면 절교당할 것 같기에 말하지는 않았다.

"뭐, 그야 네 나름대로 고충이 있겠지. 유즈하의 가슴이

나 엉덩이를 눈앞에 두고 평정을 유지하기는 어려울 테니."

"발언이 점점 저질스러워지는데."

"하지만 타쿠미. 나는 요즘 생각해. 보일 듯 말 듯 한 상황이 최고의 페티시즘이 아닐까 하고. 예기치 못하게, 우연히, 브래지어가 비쳤을 때야말로, 살아있음을 실감하는 거지."

"……이미 손 쓸 방도가 없는 수준이었구나."

아라타가 주장하는 페티시즘이 뭔지는 안다. 보일 듯 말 듯한 순간이야말로 상상 욕구를 최대로 자극하니까. 절대 영역이 가장 대표적인 예시다.

하지만 이런 말은 조심스럽게 꺼내야 하는 법이다. 남자놈들은 공감할지언정 여자에게서는 따가운 경멸의 시선이 날아들 뿐이다. 덕분에 나까지 눈초리를 받았다.

"——여전히 둘은 사이가 좋네요."

여론 악화에 대해 이의를 제기하고자 입을 열려는데 맑은 종소리 같은 음성을 가진 제삼자가 대화에 끼어들었다. 그것이 누구인지는 나도 아라타도 얼굴을 보지 않고도 알 수 있었다.

개구리가 밟힌 듯한 목소리가 새어 나오려는 것을 겨우 참아낸 아라타였지만, 그 대신 안면에서 핏기가 가셔 새파래졌다.

"아, 아아…… 미안, 타쿠미. 난, 좀, 볼일 좀 봐야겠다.

화장실 다녀올 테니 선생님 오시면 연락해 줘. 부탁한다."

지리멸렬한 말을 남기고 아라타는 쏜살같이 내 곁을 떠나 교실 밖으로 뛰쳐나갔다.

"좋은 아침, 시노미야. 덕분에 살았어."

"좋은 아침이에요, 안노. 여전히 아주 졸려 보이네요. 그에 반해 쿠키는 오늘도 아침부터 힘이 넘치고요."

"그 녀석이 기운 없는 날은 없어. 침울하면 무서울 지경이야."

"안노는 쿠키에게 기운을 나눠 받는 게 좋을지도 모르겠네요."

우아하게 미소 지으며 옆자리에 앉는 시노미야. 순간, 반 친구에게서 증오나 질투의 시선을 받았다.

공주님, 성녀 같은 엄청난 별명이 붙었지만, 그런 호칭이 어울리는 용모와 성격을 겸비한 시노미야의 옆에 앉길 바라는 학생은 차고 넘친다. 덕분에 내 정신력은 그저 앉아 있을 뿐인데 쭉쭉 삭제되었다.

"또 밤늦게까지 작업을 했나요?"

"응? 뭐 그렇지. 신간을 망칠 수는 없으니까."

"이벤트는 8월이죠? 기말고사가 있다지만 시간은 아직 많은데 상당히 일찍부터 무리하네요."

"시간이 많은 거 같지만 의외로 여유가 없어."

사진 가공 작업이 끝난다고 내 역할이 끝나는 건 아니다.

오히려 중요한 건 여기서부터다. 책으로 만들기 위한 편집이야말로 골치 아픈 부분이다.

촬영한 사진 중에서 무엇을 사용하고 그것을 어떻게 배치할지. 유즈하 씨와 상의하면서 정하는데, 이게 꽤 힘든 일이다. 때에 따라서는 재촬영하거나 추가로 신간을 늘리는 케이스도 있다.

"동인지 이벤트라고 해도 마감이 있으니까. 인쇄업자에게 데이터를 보내고 제본해서 완성물에 이상이 없는지 확인하는 것까지 생각하면……."

"빠르면 빠를수록 좋다. 그렇군요. 그렇게 생각하면 확실히 시간이 있는 듯하지만 없네요."

"맞아. 게다가 발주가 이를수록 인쇄비가 저렴해지거든. 오히려 직전에는 할증이 붙고……. 뭐, 이건 유즈하 씨 하기 나름이기도 하지."

부록을 추가하거나, 어쩔 수 없이 수록하지 못한 사진을 포스트 카드로 만들면 작업이 늘어난다.

"사정은 잘 알았어요. 하지만 수면 부족은 몸에 좋지 않으니 적당히 하세요. 쓰러지면 본전도 못 찾아요."

"알아. 걱정해 줘서 고마워, 시노미야."

같은 말을 유즈하 씨에게도 들었다. 목숨을 갉아먹지 마, 학업이 최우선이야, 라고 여러 번 귀에 못이 박히도록.

"그건 그렇고 안노. 아까 쿠키랑 상당히 재미있는 이야기를 했죠? 그건 뭔가요?"

"……무슨 말씀이신지?"

부드러운 미소를 지으며 느닷없이 강속구를 던지는 시노미야. 나는 온 힘을 다해 시치미 뗐다.

"시치미 떼지 말아요. 땀이 난 살갗은 섹시하다느니, 여름옷은 브래지어가 비쳐서 최고라느니, 보일 듯 말 듯 한 절대 영역이야말로 최고라고 즐겁게 대화 나눴잖아요?"

다 들었어요, 라는 시노미야의 말에 자신의 판단이 틀렸다고 통감했다. 이래서 억지로라도 아라타의 입을 막아야 했다.

"오해입니다. 저는 그런 말은 한마디도 하지 않았습니다. 전부 아라타의 발언입니다."

"보일 듯 말 듯 한 절대 영역이 안노의 취향……이 아니라 좋아하는 건 예전부터 알고 있었지만…… 브래지어가 비치는 것도 좋아하는군요."

"아니야. 멋대로 이야기를 날조하지 마. 브래지어가 비치는 건 아라타의 취향이지 내 취향이 아니라고."

"아아, 이거 실례했네요. 안노는 속옷이 비치는 것보다 직접 보고 싶은 쪽이었죠? 제가 깜빡했네요."

"아니, 왜 그렇게 되는데?"

죄송해요, 라고 영혼이라고는 없는 말을 하며 머리를 숙인 시노미야에게 거칠게 항의하고 싶었지만 꾹 참았다. 모두의 사랑을 받는 공주님에게 그런 짓을 했다가는 교실에서 내 자리가 소멸될 것이다.

“직접 보고 싶다고 한 적은 없는데…….”

“뭐, 안노는 제 속옷 차림 정도가 아니라 부끄러운 모습을 수도 없이 봤으니까요. 새삼스레 브래지어가 비친 정도로 흥분하지는 않겠지요.”

말에 어폐가 있는 데다 교실에서 할 만한 이야기가 아니었다.

확실히 방과 후 아무도 없는 빈 교실에서 시노미야가 교복을 반쯤 벗은 모습을 목격하거나 옷을 갈아입는 모습, 경영 수영복 차림으로 샤워하는 모습, 나아가 그녀의 집이라는 보너스와 함께 속옷 차림 등을 봤으니 새삼스레 브래지어가 비친 것을 본 정도로 흥분하지는 않는다.

“……조금 더 다르게 표현할 수도 있을 텐데.”

그렇게 쉽게 부정할 수 있으면 좋았겠지만, 전혀 흥분하지 않느냐고 물으면 대답은 No다. 아라타나 다른 남학생만큼은 아니더라도 학원의 공주님이자 절세라는 수식어가 붙는 미녀 시노미야의 브래지어가 비친다면 조금쯤은 두근거릴 것이다.

“맞다! 좋은 생각이 났어요. 다음 촬영은 흠뻑 젖어 브래지어가 비치고, 그래서 옷을 갈아입는 시추에이션으로 할까요?”

"갑자기 터무니없는 소리를……이라고 말해야겠지만, 나쁘지 않은 아이디어네."

실로 분하지만, 갑자기 떠올린 아이디어치고는 계절적으로도 제격이었기에 무작정 부정할 수는 없었다.

오늘은 비가 오지 않을 거라 방심했다가 갑자기 국지성 호우와 맞닥뜨리고, 흠뻑 젖는 바람에 어쩔 수 없이 마음에 둔 반 친구네 집에서 비를 피하게 된다.

머리카락에서 떨어지는 물방울. 애수에 젖은 눈동자. 젖은 몸에 교복이 딱 달라붙어 속옷이 비친다. 그것을 반 친구가 수건을 건네며 지적해 부끄러운 듯 뺨을 물들이고──.

『……안노는 음흉해요.』

입술을 삐죽 내밀며 말했기에 황급히 눈을 돌린다.

나쁘지 않은 걸 넘어 시추에이션으로는 완벽했다. 조금 상상했을 뿐인데 시노미야의 섹시함과 귀여움이 눈에 선해 가벼운 현기증을 느낄 정도로. 이것을 재현할 수 있다면 최고의 사진을 찍을 수 있을 것만 같았다.

"후훗. 안노라면 그렇게 말할 줄 알았어요. 비가 내릴지는 모르겠지만, 당장 이번 주말은 어떤가요?"

갑작스러운 제안에 나는 쓴웃음을 지었다. 쇠뿔도 단김에 빼라, 시작이 반이다, 라고 하지만 그렇다고 해도 너무 급하다. 이쯤 되면 너무 정신없이 산다고 말해도 과언이 아니다.

“아, 미안해. 시노미야가 의욕을 보이는 건 정말 기쁘지만 이번 주는 일정이 있어. 대신 다음 주는 괜찮아.”

“그래요? 선약이 있다면 어쩔 수 없죠…….”

말과는 정반대로 명백히 낙담한 모습으로 어깨가 축 처진 시노미야. 악의가 없다는 건 잘 알지만, 그렇게 슬픈 표정을 지으면 죄책감 때문에 가슴이 욱신거린다.

“안노의 일정이라면…… 혹시 유즈하 씨랑 촬영을 하나요?”

“뭐, 그런 거지.”

아라타도 시노미야도 오늘은 다들 감이 좋다. 그렇게 칭찬하고 싶었지만, 사실 시노미야의 대답은 정답 중 절반――유즈하 씨와 촬영회를 한다는 점밖에 나오지 않았다.

그럼 나머지 절반은 무엇인가 하면, 이 촬영회에는 유즈하 씨의 친구이자 프로 모델인 시노미야의 언니, 아리스 씨도 참여한다는 점이다.

시노미야가 아리스 씨에게 품은 감정은 복잡하다. 사실은 언니가 실린 잡지를 빼놓지 않고 사서 같은 옷을 입어볼 정도로 동경하는데, 헤어질 때 심한 말을 했다는 부채

감에 솔직해지지 못하고 있다.

그래서 이번 주말 개인 촬영에 아리스 씨도 함께한다는 사실을 고한다면 시노미야가 어떤 반응을 할지 알 수 없다.

"그럼 어쩔 수 없지요. 아무리 그래도 유즈하 씨와 촬영을 갑자기 취소하고 흠뻑 젖은 저의 교복 차림을 촬영해 달라고 부탁할 수는 없으니까요."

"……그렇게 말할 거면 째려보지 말아 줄래?"

입술을 삐죽 내밀며 조금 토라진 척하는 시노미야. 흠뻑 젖은 교복 차림은 조금, 약간, 살짝 마음이 흔들린다.

"그럼 다음 주를 기대할게요. 안노네 집에서 보면 되겠죠?"

"그래. 시간은 오후면 될까?"

"아침이어도 괜찮아요. 원한다면 잠꾸러기 안노를 위해 제가 알람 시계를 대신할까요?"

"정중히 거절하겠습니다."

시노미야가 아침에 깨워준다? 남들이 보기에는 꿈만 같은 제안이다. 지금 같은 관계가 되기 전의 나라면 쌍수를 들고 환영했을 것이다.

하지만 지금이라면 알 수 있다. 이 공주님이 평범하게 알람 시계 역할을 할 리가 없다. 틀림없이 나의 정서를 흩트리는 짓을 할 것이다. 청초함을 인간 형태로 구현한 것처럼 보이지만, 사실 다른 사람을 놀리는 것을 정말 좋아한다, 시노미야는.

"기껏 귓가에서 ASMR 놀이를 할 수 있을 줄 알았는데…… 아쉽네요."

ASMR. 요즘 곧잘 들리는 단어다. 정식 명칭은 자율 감각 쾌감 반응(Autonomous Sensory Meridian Response)이다.

설마 이런 데는 흥미가 없어 보이는 시노미야가 알고 있을 줄이야.

"ASMR이라면 일어날 때가 아니라 자기 전에 하는 게 좋지 않을까? 숙면 보이스 같은 것도 있을 정도니까."

"그렇군요. 그러니까 안노는 깨워주는 게 아니라 곁에서 자기를 원하는 거군요."

"왜 그렇게 되냐?"

곡해 수준이 아니었다. 거기까지 가면 이미 망상의 영역이다.

"저와 한 이불을 덮고 싶다니…… 안노는 보기와 다르게 이따금 대담해지네요. 아무리 저라도 놀라워요."

"나는 시노미야의 지나치게 풍부한 상상력이 놀라워."

"정말…… 안노는 음란하다니까요. 하지만 꼭 그래야겠다고 한다면 저는――."

"――좋은 아치이이이임!! 다들 오늘도 잘 지내지?!"

시노미야의 말을 뒤덮듯 이 교실에 있는 누구보다도 씩씩하고 밝은 목소리로 담임인 사쿠라자와 미코 선생님이 들어왔다.

"날씨가 안 좋아서 기분이 다운된다거나 저기압이라 두통이 있다고 변명하면 안 된다! 어른이 되면 부당한 일로 책잡혀서 울고 싶어져도, 가챠에 대폭망해서 홧술을 마셔 숙취에 시달린대도 출근은 해야 해!"

교단에 서자마자 쓸데없이 리얼한 예를 들며 사회인의 힘듦을 역설하는 사쿠라자와 선생님. 그게 다 어제 일어난 일이겠지, 하고 나와 시노미야를 포함한 이곳의 모든 학생이 중얼거리는 마음의 소리가 들렸다.

"뭐, 내 얘기는 이쯤 하고! 실은 선생님이 아침부터 화가 났어. 이유가 뭘까, 안노!"

"네? 저요? 음…… 지각해서 학생 주임 선생님께 혼나셨나요?"

너무나도 갑작스레 질문했기에 나는 즉시 있을 법한 일을 적당히 대답했다.

"뭐어?! 내가 지각한 걸 어떻게 알아?! 혹시 교무실에서 내가 혼나는 걸 훔쳐본 거야?!"

"대단하네요, 안노. 용케 알았네요."

"……나도 예상 밖이야."

시노미야가 조용히 말을 걸었다. 설마 정말로 지각했을 줄은 몰랐기에 오히려 나도 당황했다.

"에헴! 선생님의 쓰레기 같은 이야기는 안 해도 돼! 내가 화난 이유는 말이지, 안노. 너, 네가 당번인 걸 잊어버렸지?!"

"앗."

아뿔싸. 등교에 온 힘을 다하는 바람에, 그리고 아라타와 시답지 않은 이야기를 나누는 바람에 당번인 걸 까맣게 잊고 있었다.

"나 참…… 오늘은 너그럽게 봐주겠지만 다음에 또 잊어버리면 큰일 날 줄 알아! 명심하도록!"

"감사합니다."

사쿠라자와 선생님의 커다란 은총에 감사하며 나는 교단으로 가 일지를 받았다. 봄에 그랬듯이 빼곡히 작성하기 전까지 집에 가면 안 된다고 한다면 울었을 것이다.

"자! 그럼 슬슬 홈룸을 시작하자!"

"안노, 또 잊어버렸나요?"

"……시노미야가 이상한 소리를 하는 바람에 가지러 가는 걸 깜빡했어."

"매일 피곤한 안노를 위로해 주고 싶은 일념으로 제안한 건데…… 너무해요. 울 것 같아요."

일부러 훌쩍거린다고 말하기조차 꺼려지는 우는 척을 하는 시노미야. 이쪽을 힐끔거리지 마.

"감사히 마음만 받을게."

"안 돼요. 그러면 제 마음이 찜찜하니 벌로 스페어키를 주세요. 다음 주에 깨우러 갈게요."

"절대로 안 줄 거고, 오지 마. 부탁이야."

왜 거절하냐고? 시노미야에게 스페어키를 주고 한 번이라도 깨우러 온다면 매일 아침 그러기를 바랄 거고, 나아가 집에 가지 않기를 바랄지도 모르기 때문이다.

"으음…… 상당히 완고하네요. 하지만 반드시 고개를 끄덕이게 만들 테니 각오하세요."

"……살살 해 줘."

그리 머지않은 시일 내에 현실이 될 것 같은 기색을 느꼈지만, 고개를 저으며 그 예감을 몰아내고 사쿠라자와 선생님의 HR에 귀를 기울였다.

*****

시노미야의 압박이 날로 심해져 짓눌려 가며 겨우 맞이한 주말.

현재 시각은 오전 열 시를 앞두고 있다. 오늘 촬영은 우에즈 사장님——아키하바라에서 『이모션』이라는 코스프레 의상부터 주문 제작 의상까지 폭넓게 다루는 가게의 사장님이자 일대에서는 상당한 유명인——이 경영하는 회사가 보유한 스튜디오에서 하게 되었다.

『새롭게 촬영 스튜디오를 만들었으니 시험해 볼 겸 와 줘!』

싸게 해줄게, 라며 마치 카페에서 신메뉴를 소개하듯 말하는 게 조금 이상하지만 오픈 전에 대여, 심지어 무료로 쓸 수 있다면 거절할 이유는 내게도 유즈하 씨에게도 없었다.

3층 건물 전부가 촬영 부스이며 층마다 콘셉트가 있고, 그중에는 여기서에서만 볼 수 있는 독창적인 창작 부스도 있다고 한다.

"오래 기다렸지, 타쿠미. 여전히 부지런하네."

그런 스튜디오 앞에서 기다리기를 약 30분. 약속 시간 정각에 유즈하 씨가 여행 가방을 한 손에 들고 왔다.

참고로 오늘 촬영 콘셉트는 '집 데이트'이기에 유즈하 씨의 짐은 그리 많지 않았다. 만일 본격적인 코스프레라면 캐리어가 필요한, 작은 여행 수준의 엄청난 짐이 된다.

"아니요, 저도 방금 왔어요."

"후훗. 정말이지 타쿠미는 착하다니까. 그런데 아리스는? 아직 안 왔어?"

"네, 보시다시피 아직이에요. 그보다 아리스 씨가 정말로 오나요? 그리고 머리 좀 쓰다듬지 마세요."

착한 동생을 칭찬하는 누나처럼 만면에 미소를 띠고 자연스럽게 머리를 쓰다듬는 유즈하 씨. 불쾌하지는 않지만 솔직히 너무 부끄럽다.

"부끄러워하지 마. 이렇게 만나는 건 오랜만이니 타쿠미

늪 좀 보충하자."

"타쿠미늪은 또 뭐죠……?"

멀쩡한 사람을 수상한 신종 에너지처럼 말하지 않았으면 좋겠다.

"가장 빨리 흡수할 수 있는 건 꽉 안는 건데 그래도 될까?"

"무슨 소리예요? 당연히 안 되죠."

"허그 정도는 인사 같은 거니까 괜찮지 않아? 앗, 그러고 보니 아리스라면 올 거야. 그 애가 먼저 오늘 촬영회에 오고 싶다고 했으니까."

아무래도 유즈하 씨와 나의 촬영 풍경을 견학하고 싶다는 모양이다. 다만 왜 아리스 씨가 그런 말을 꺼냈는지는 유즈하 씨도 모른다고 한다.

"뭐, 아리스의 충동적인 행동은 어제오늘 일이 아니니 딱히 놀랄 것도 없지만……. 대체 무슨 생각을 하는 건지."

"하하하. 그런 점은 자매가 똑 닮았네요."

이야기로 추측건대 유즈하 씨도 휘둘린 경험이 있을 것이다. 그 마음은 잘 안다.

"심경의 변화라도 있었나?"

"왜 저를 째려보는 거죠?"

"아니…… 다른 뜻은 없어. 그저 좀 토라졌을 뿐이야."

그렇게 말하며 유즈하 씨는 어깨를 늘어뜨리고 한숨을 쉬었다. 마치 내게 원인이 있다는 듯한 말투지만 아리스 씨와는 시노미야 씨 일로 봄에 카페에서 한 번 대화 나눈 뒤로는 만나지 못했다.

애초에 내가 아리스 씨와 알게 된 계기를 만든 사람이 유즈하 씨라는 걸 잊지 않았으면 좋겠다.

"오래 기다렸지! 준비에 시간이 좀 걸려서!"

촬영 전부터 기분이 상한 유즈하 씨를 어떻게 달랠지 생각하는데 마침내 말을 꺼낸 장본인인 아리스 씨가 나타났다.

"자기가 먼저 말을 꺼냈으면서 늦게 나타나다니 많이 컸네, 아리스."

"꺄아——! 유키 무서워——! 탓군, 살려줘!"

시작부터 직언하는 유즈하 씨에 비해 일부러 아무것도 모르는 척 내 뒤에 숨는 아리스 씨. 그 모습을 보며 점점 더 유즈하 씨의 표정이 험악해졌다. 나를 끌어들이지 말았으면 좋겠다.

"타쿠미에게서 떨어져, 아리스. 지금이라면 용서해 줄게."

"에엥? 왜? 앗, 혹시 나한테 탓군을 빼앗기기 싫은가? 유키는 의외로 속박하는 스타일?"

"타쿠미, 얼른 이쪽으로 와. 너는 내 전속 카메라맨이잖아?!"

그렇게 말하며 유즈하 씨는 내 팔을 잡더니 세게 당겨 아리스 씨에게서 떼어냈고, 흡사 좋아하는 인형을 빼앗기지 않으려는 어린애처럼 꽉 안았다. 달콤한 향기에 감싸여 심박수가 급상승했다.

"유키, 그거 알아? 속박하는 스타일은 상대가 외도하기 쉬워. 그래서야 순식간에 탓군이 질려서 싫어하게 될걸?"

"잠깐, 아리스. 적당히 해. 타쿠미는 외도 같은 걸 할 사람이 아니고, 애초에 나는 속박 안 해."

나 같은 풋내기를 전속 카메라맨으로 삼아 준 것은 고맙지만, 다른 사람을 찍으면 안 된다는 건 어떤 의미로 속박이라고 할 수 있지 않을까?

"그래? 내가 볼 땐 충분히 속박하는 것 같은데. 탓군도 속박당하기는 싫지?"

"아뇨, 저는 딱히……."

"잠깐, 아리스, 타쿠미에게 이상한 거 묻지 마."

"앗! 아니면 혹시 탓군은 속박당하기보다 속박하는 걸 좋아하나?"

그렇게 말하며 씨이익 비열하게 웃는 아리스 씨. 유즈하 씨는 깜짝 놀란 표정을 지었고, 나는 진절머리가 나서 말이 나오지 않았다.

"그래, 타쿠미? 타쿠미는 속박하는 걸 좋아해?"

"탓군은 겉보기와 다르게 'S'구나. 나라도 괜찮다면 속박해 볼래? 아니면 눈을 가린 플레이가 좋은가?"

"아아아안 돼, 타쿠미! 눈 가리고 구속 플레이를 할 거면 아리스가 아니라 나랑 해!”

여자 셋이 모이면 접시가 깨진다는데 둘도 충분할 것 같다. 만약 이곳에 시노미야가 가세한다면. 그런 생각만으로 두통뿐만 아니라 현기증마저 느껴졌다. 아득바득 언쟁을 벌이는 두 누나를 무시하고 나는 혼자 먼저 스튜디오 안으로 들어갔다.

“잠깐 기다려, 타쿠미! 얘기 아직 안 끝났어!”

“그래, 탓군. 누구랑 구속 플레이를 하고 싶은지 골라야지!”

“시끄러워요! 시간 없거든요?! 시시한 이야기나 할 거면 전 집에 갑니다?!”

애초에 오늘 촬영은 하지 않아도 되는 촬영이다. 코미케에서 선보일 사진은 이미 촬영이 끝났는데 유즈하 씨가 꼭 추가로 한 권 더 내고 싶다기에 일부러 약속을 잡은 것이다. 그런데 사람을 장난감 취급하며 놀린다면——.

“농담이야, 타쿠미! 농담이니까 가지 마! 자, 아리스도 제대로 인사해!”

“미안해, 탓군. 설마 탓군이 그렇게 순진할 줄은—— 아야?! 나 참, 뭐 하는 거야, 유키!”

아리스 씨의 머리에 가차 없이 꿀밤을 먹인 유즈하 씨. 뒤이어 압박을 가했다.

“타쿠미를 놀리지 말라니까 못 들었어? 꼭 견학하고 싶다길래 허락했는데…… 타쿠미를 곤란하게 할 거면 지금 당장 집에 가.”

“으으…… 죄송합니다.”

침통한 얼굴로 고개를 꾸벅 숙이는 아리스 씨. 진심으로 집에 갈 마음은 없었기에 이렇게 진지하게 사과하자 오히려 미안해졌다. 나는 크게 한 번 한숨을 쉬고,

“하아…… 고개 드세요. 딱히 화난 건 아니에요.”

“정말? 화 안 났어? 리노아한테 안 이를 거야?”

“왜 갑자기 시노미야가 나오는 거죠? 안 이를 거예요. 그보다 오늘 일 자체를 시노미야한테 말하지 않았어요.”

어깨를 으쓱거리며 내가 말하자 아리스 씨는 “엥?” 하고 놀란 표정을 지었다. 시노미야에게 고자질한다는 말인즉, 오늘 촬영에 아리스 씨가 동석했다는 것을 알리는 셈이다.

안 그래도 제안을 거절해서 현재 진행형으로 토라졌는데 자신과 복잡한 관계인 언니와 내가 함께 있었단 걸 알면 어떤 반응을 할지 생각하고 싶지도 않다.

“자자! 쓸데없는 얘기는 그만해! 타쿠미, 난 옷 갈아입고 올 테니 준비해 둬! 아리스, 내가 없는 동안 타쿠미한테 집적거리면 안 된다?”

“네——에! 탓군한테 방해되지 않도록 얌전히 있을 테니 천천히 다녀오세요!”

“……타쿠미, 무슨 일 있으면 바로 불러. 알겠지?”

"알겠어요."

그런데도 유즈하 씨는 일말의 불안을 품은 얼굴로 아리스 씨를 흘겨본 뒤 탈의실로 갔다.

"그럼 우리도 갈까요?"

"응? 가다니 어딜?"

"그야 뻔하죠. 촬영 부스요."

어안이 벙벙한 아리스 씨와 함께 나는 계단을 올라 이번에 메인으로 사용할 세트가 있는 곳으로 이동했다.

"……여러모로 고마워, 탓군."

"네? 갑자기 왜 그러세요? 뜬금없이."

가져온 기자재를 꺼내 카메라와 조명 조정을 하는데 갑자기 아리스 씨가 감사 인사를 했다. 나는 무심결에 손을 멈추고 진의를 확인했다.

"그 뒤에…… 탓군과 카페에서 이야기하고 얼마 지나지 않아서 리노아한테 연락이 왔어. 내가 집을 나간 뒤로 처음이었지."

"잘됐네요. 물론 저는 사진만 찍었지, 그 이상은 한 게 없지만요."

"후훗. 겸손하기도 하지. 내가 먼저 연락해도 확인조차 하지 않던 리노아가 고작 사진을 찍었다고 먼저 연락한다면 누가 고생하겠어. 탓군, 대체 무슨 마법을 부린 거야?"

"마법 같은 건 없었어요. 정말로 그저 사진을 찍었을 뿐이에요.”

나는 쓴웃음 지으며 시노미야와의 촬영――특히 그녀의 집에서 했던 인터뷰 형식 때의 일――을 떠올렸다. 그때 그녀가 오랜 시간 쌓아 온 아리스 씨에 대한 마음을 알았다.

――언니처럼 저도, 최소한 사진 속에서만큼은 자유로운 '나'이고 싶다고.――

――언니는 용서해 줄까요? 무시하고 심한 말을 잔뜩 한 저를…….――

그때 그 토로 이후, 시노미야 나름대로 용기 내어 아리스 씨와의 관계를 회복하고자 노력하는 모양이다. 조금쯤은 경과를 가르쳐줘도 되지 않냐고 마음속으로 불평했다. 뭐, 자매의 일이니 제삼자에게 말할 필요는 없지만.

“그런데 탓군. 이건 다른 얘긴데, 리노아는 평소에 어떤 촬영을 해?”

“네?”

“유키와 달리 리노아는 딱히 코스플레이어도 아니잖아? 게다가 나처럼 모델도 아니고……. 그러니까 평소에 어떤 사진을 찍는지 궁금해서.”

"아아, 그건……."

시노미야와의 촬영회를 떠올렸다.

꺼림칙한 일은 전혀 하지 않았다고 자신만만하게 말할 수 있지만, 그래도 오해를 살 수 있기에 아무것도 말하고 싶지 않았다.

"앗! 그러고 보니 저번에 마침 집에 갔을 때, 내가 잡지에서 입은 옷을 리노아가 입고 있었지? 늘 그런 느낌이야?"

악의라곤 없는, 순수한 의문을 표한 아리스 씨. 나는 뭐라고 대답해야 할까?

살갗 노출이 많은 의상이라는 의미라면 그 코디가 제일이었을지도 모르고, 공주님 같은 시노미야의 이미지와 동떨어졌을지도 모른다. 다만 옷을 입고 있다는 데는 변함이 없다.

문제가 있다면, 교복을 벗고 다가오는 모습을 카메라에 담거나, 경영 수영복 차림으로 샤워하거나, 그녀의 집에서 쇠사슬 달린 목줄을 한 베이비 돌 차림을 찍거나, 억압에서 해방된 모습을 표현하기 위해 동영상을 찍은 것이리라. 게다가 열기에 들뜬 듯 선정적인 표정을 짓기도 해서 청초함과 요염함이 뒤섞여 매우 아름다웠다. 응, 입이 찢어져도 절대로 말할 수 없다.

"……평범한 사진이에요. 아리스 씨가 평소에 일할 때 찍는 느낌이요."

"흐으음…… 그렇구나."

동요를 들키지 않도록 애써 냉정하게 대답했지만, 아리스 씨는 무언가를 감지했는지 의미심장한 표정을 짓더니 갑자기 뒤에서 와락 끌어안았다.

달콤하게 녹아들 듯 꿀 냄새가 나는 시노미야와는 대조적인 감귤 향기. 하지만 등에 느껴지는 풍만한 과실의 감촉은 옷 너머로도 닮았다는 걸 알 수 있었다. 크기는 아리스 씨 쪽이 조금 더 크지만 탄력은 시노미야 쪽이── 아니, 내가 무슨 생각을 하는 거야?!

"아, 아리스 씨?! 갑자기 왜 그러세요?!"

"있지, 탓군. 리노아의 어떤 모습을 찍었는지 보여줄래?"

화상을 입을 정도로 뜨거운 숨결이 귀에 닿아 등줄기에 찌릿 전류가 내달렸고, 동시에 단단히 묶인 것처럼 꼼짝달싹도 할 수 없었다.

"평범한 사진이라면 보여줄 수 있겠지? 아니면 내게 보여줄 수 없는 리노아의 모습을 찍었나?"

고혹적인 목소리로 속삭이며 아리스 씨가 얼굴 옆까지 스윽 접근했다. 그리고 몸을 밀착시켜 물컹한 것을 눌렀다. 작업하던 손이 멈췄다. 동요해 날뛰는 심장 고동을 진정시키고자 심호흡을 한 뒤,

"그, 그건 시노미야의 허가를 받으세요. 저 혼자 판단할 수는 없어요."

몸을 뒤틀며 말을 쥐어 짜내 작은 저항을 했다. 유즈하 씨라면 모를까 시노미야와의 촬영회는 완전한 사적 행위다. 그 사진을 본인의 허가도 없이, 심지어 아리스 씨에게 보여줄 수는 없었다.

"아무리 그래도 그건 너무 어려운데?! 리노아는 절대로 허락하지 않을 거야!"

"그런가요? 그럼 아쉽지만 포기하세요. 그리고 지금 당장 떨어지세요."

"그렇게 잔인한 소리 하지 마! 부탁이야, 탓군. 살짝, 끄트머리만이라도 좋아! 리노아한테는 비밀로 할게!"

내 등 위에 올라탈 기세로 격하게 내 몸을 흔드는 아리스 씨. 나는 한숨을 쉬며 마음속으로 번지수가 잘못되었다고 중얼거렸다.

"그걸 보여준다면 나도 마음껏 찍어도 돼! 유키가 입지 않을 법한 조금 야한 의상도 입을게! 평생소원을 들어줘!"

"――아리스의 평생소원은 들어주지 않는 게 좋을 거야, 타쿠미."

구세주 등장. 아리스 씨와 나란히 돌아보자 콘셉트에 꼭 맞는 실내복으로 갈아입은 유즈하 씨가 진저리 치는 표정으로 서 있었다.

"……유키, 그건 혹시 직접 산 건가요?"

"응? 맞아. 항상 입는 걸 가져왔는데 왜?"

아리스 씨의 질문에 고개를 갸웃거리며 유즈하 씨가 대답했다. 캐미솔에 헐렁하고 복슬복슬한 퍼 아우터를 걸친 모습까지는 좋았지만, 적당히 붙은 살이 요염하고 아름다운 맨다리를 대담하게 노출하고 있었다. 짧은 바지를 입은 거겠지? 만약 팬티만 입었다면 과격한 데도 정도가 있다.

"우와…… 유키가 실내복을 입은 모습은 처음 보는데 야해서요! 게다가 귀여워! 탓군, 괜찮아?"

"그거, 무슨 뜻으로 괜찮냐고 물어본 거죠?"

말의 의미는 물을 것까지도 없이 알지만, 만에 하나의 경우도 있을 수 있기에 굳이 되물었다.

"그야 뻔하지! 저렇게 야하고 귀여운 유키의 실내복 차림을 보고 하악하악 욕정하지 않느냐는 의미야!"

예상대로였기에 한숨밖에 나오지 않았다. 게다가 하필이면 욕정이라니, 그런 건 없다. 사춘기 남자인 나라면 몰라도 카메라맨으로서 이곳에 있는 내게 그런 말을 하는 건 실례다.

"후훗. 괜찮아, 아리스. 타쿠미는 그런 사람이 아니니까. 덕분에 이따금 내게 매력이 없는 거 같아서 자신감이 사라지지만."

"공사 혼동은 하지 않도록 하고 있어요. 그리고 일일이 욕정하면 일을 할 수가 없다고요."

윙크를 날리는 유즈하 씨에게 나는 탄식하며 대답했다.

내가 카메라를 손에 들었을 때부터 사사건건 엄마에게 "피사체와의 관계는 단조롭게 유지해야 해. 선을 넘는 건 각오를 했을 때만. 알겠지?"라며 귀에 못이 박히도록 들었다.

이건 아빠의 '순간의 아름다움을 영원히 기록한다'는 모토와 비슷하게 내가 중요하게 생각하는 엄마의 가르침이다. 다만 시노미야가 상대일 때는 이야기가 달라지는 것이 최근 고민이다.

"오오…… 굉장해! 탓군, 멋있다! 프로 같아!"

짝짝 손뼉 치는 아리스 씨. 늠름한 인상의 언니였는데 그 모습은 온데간데없었다. 유즈하 씨와 나이는 그리 차이 나지 않는데 곳곳에서 어린 느낌을 받는 건 기분 탓이 아닐 것이다.

"네네. 감사합니다. 시노미야를 리노아짱이라고 부르는 아리스 씨도 귀엽다고 생각해요."

"흐아아?!"

내가 지적하자 왜인지 얼굴이 확 빨개지는 아리스 씨.

처음 만났을 때도, 카페에서 이야기를 나눴을 때도 시노미야를 '리노아'라고 불렀는데 오늘은 시종일관 '리노아짱'이라고 부른다. 과거의 영향일지도 모르지만, 동생에 대한 애정 혹은 좋아하는 마음이 느껴져서 흐뭇해졌다. 이제 이것을 직접 본인에게 말할 뿐이다.

"자자, 쓸데없는 이야기는 그만해! 타쿠미, 준비는 다 됐어?"

어찌 된 일인지 토라진 듯 뺨을 잔뜩 부풀리며 화난 목소리로 유즈하 씨가 물었기에 나는 황급히 최종 확인을 했다.

"네. 언제든지 시작할 수 있어요, 유즈하 씨."

"후훗. 좋아. 아리스만 상대한 게 아니라 안심했어."

고개를 끄덕이며 촬영 세트 안으로 이동하는 유즈하 씨. 이번 콘셉트인 '집 데이트'에 걸맞은 새하얀 침대에 털썩 앉았다.

"우와아…… 유키는 그냥 앉았을 뿐인데 분위기가 대단하네, 탓군."

"이게 많은 사람을 매료하는 유즈하 씨예요. 몰랐나요?"

나보다도 안 지 오래된 데다, 무엇보다 유즈하 씨를 이 세계에 끌어들인 게 아리스 씨일 터였다.

"물론 탓군이 찍은 사진 덕에 알고는 있었어. 하지만 내가 아는 유키는 사교성이 없고 음울한 인상이 더 강했거든."

"아아…… 그런 일면도 있죠."

믿기 힘들지도 모르지만, 유즈하 씨는 아는 사람과 모르는 사람을 대할 때 영 딴판이다. 그걸 사교성 부족이라는 한 마디로 평할 수도 있을 것이다.

"……타쿠미? 뭐 해?"

"죄송해요! 시작할게요!"

다리를 꼬고 재차 뺨을 부풀린 유즈하 씨에게 나는 온 힘을 다해 사죄한 뒤 카메라를 잡았다. 토라진 얼굴도 귀여워서 나쁘지 않지만, 기껏 '데이트'이니 역시 웃어 주길 바랐다.

"먼저 시험 삼아 몇 장 찍을게요. 갑니다. 3, 2, 1——."

찰칵, 하고 셔터 소리가 울려 퍼지며 유즈하 씨와의 촬영회가 드디어 시작되었다.

*****

만나서 촬영을 시작하기까지는 지지부진했지만, 막상 카메라를 들고 셔터를 누르기 시작하니 원활하게 진행되었다. 이것은 유즈하 씨뿐만 아니라 시노미야에게도 할 수 있는 말이지만, 카메라가 향하자 자세부터 표정, 사소한 동작에 이르기까지 스위치가 딸깍 전환된 듯 변화했다. 그 순간이 참을 수 없이 좋아서 이 세계에 들어오길 잘했다고 실감했다.

"……유키, 하나만 물어봐도 될까요?"

촬영을 시작한 지 벌써 한 시간. 내가 다 찍은 사진을 확인하는데 쉬고 있는 유즈하 씨에게 아리스 씨가 조심스레 말을 걸었다.

"그래. 뭔데, 아리스?"

"탓군이 사진을 찍어 줄 때는 늘 그런 느낌인가요?"

"그런 느낌이라는 게 어떤 건지 모르겠는데……. 이게 나와 타쿠미의 기본이야. 그게 왜?"

내게 힐끔 시선을 보내며 대답하는 유즈하 씨. 고개를 끄덕여 동의하자 아리스 씨는 감탄한 목소리를 냈다.

"우와아…… 대단하다. 찰떡 호흡이라고 할까? 유키가 찍길 바랄 때 탓군이 정확히 셔터를 누르잖아. 반대로 탓군이 찍고 싶은 포즈를 유키가 알아서 취하고……. 호흡이 딱 맞아서 놀랐어."

"그야 유즈하 씨와는 수없이 촬영했으니까요. 찍길 바라는 순간을 알거든요."

"후훗. 확실히 타쿠미와 촬영하는 게 익숙해서 이심전심이긴 하지. 물론 이유는 그게 다가 아니지만……. 궁금하면 아리스도 타쿠미와 찍어 볼래?"

"네? 그래도 될까요?! NTR이 되지 않을까요?"

야한 동인지처럼, 이라고 외치는 아리스 씨에게 나와 유즈하 씨는 나란히 한숨을 쉬며 어깨를 으쓱했다.

"왜 얘기가 그렇게 되는 거야……. 그보다 애초에 타쿠미가 찍어 주는 게 목적이라 오늘 촬영회에 따라온 거잖아?"

"아하하하. 역시 유키예요. 들켰네요."

"네 속내는 훤히 보여……."

하아아아아 하고 무거운 한숨을 쉬는 유즈하 씨. 동시에 아리스 씨의 속내를 알면서 동석을 허가한 데 놀랐다. 내가 다른 코스어와 사진을 찍으러 가려 하면 불같이 화를 낸 뒤 복어처럼 뺨을 부풀리며 눈물을 글썽이는데.

"……어쩔 수 없지. 오늘만 특별히 허가해 줄게. 사실은 싫지만. 사실은 정 · 말 · 싫 · 지 · 만!"

"나 참…… 중요한 말이라고 두 번이나 하지 마세요. 유키한테서 탓군을 빼앗지는 않을 테니까."

"………."

믿을 수 없다는 듯 유즈하 씨는 눈을 가늘게 뜨고 아리스 씨를 노려보았다. 그렇게까지 내가 다른 사람을 찍는 게 싫다면 허가하지 않으면 될 텐데.

"앗, 그런데 옷은 어떻게 하죠? 이대로도 괜찮을까요?"

"나 참…… 그거라면 내가 가져온 옷을 빌려줄게."

"정말인가요?! 감사합니다, 유키!"

"그보다 타쿠미랑 찍고 싶으면서 왜 옷을 안 가져온 거야? 오늘 촬영 이미지는 전달했잖아?"

"설마 OK할 줄은 몰랐어요. 앗, 혹시 같이 찍을래요?! 팀코 해요!"

"그래, 그래……. 팀코든 뭐든 해줄 테니까 옷부터 갈아입어. 따라와."

어린애처럼 깍깍거리며 들뜬 아리스 씨에게 유즈하 씨

는 벌써 세 번째 한숨을 쉬며 질린 모습으로 손을 잡고 탈의실로 연행했다.

본래는 그 뒷모습을 조용히 배웅했을 테지만, 유즈하 씨의 입에서 튀어나온 얼토당토않은 단어에 나는 반응하지 않을 수 없었다.

"잠깐만요. 유즈하 씨, 진심이세요?"

"……뭐가?"

"시치미 떼지 마세요. 팀코한다고 하셨죠? 누구와도 한 적이 없는 팀코를 하겠다니!"

유즈하 씨와의 촬영회는 늘 일대일. 같은 작품의 코스어들과 모여서 촬영하는 팀코는 한 번도 한 적이 없었다. 당연히 유즈하 씨 말고도 경험은 없기에 설마 이런 형태로 실현할 줄이야.

"말했어. 그게 왜? 타쿠미가 싫다면 안 하겠지만——."

"찍을게요! 찍게 해주세요! 오히려 유즈하 씨야말로 사실은 거짓말이었다고 하면 안 돼요! 인정하지 않을 거예요!"

"후훗. 당황하지 마. 그런 말은 안 할 테니 안심해. 내가 타쿠미에게 거짓말한 적 있어?"

스스로 알 수 있을 정도로 매달리듯 반응하는 내 모습에 유즈하 씨가 쓴웃음을 지었다. 내가 생각해도 조금 창피했지만, 유즈하 씨가 누군가와 함께 촬영하는 건 그것만으로 귀중한 체험이었다.

“유키는 탓군의 누나 같네요. 대학 때부터 알고 지낸 사이인데 브라더 콤플렉스 속성을 가졌다는 건 처음 알았어요.”

“누가 브라더 콤플렉스야?! 내 나름대로 타쿠미를 생각해서—— 자! 이 이야기는 그만해! 타쿠미, 미안하지만 잠깐만 기다려. 아리스, 가자!”

유즈하 씨는 아리스 씨를 질질 끌고 탈의실로 이동했다.

『잠깐, 아리스?! 어딜 만지는 거야?!』

『유키 몸이 엄청 부드럽다! 게다가 냄새도 좋아……. 이걸 마음대로 할 수 있는 탓군이 부러워.』

시끌벅적하면서도 즐거운 목소리를 들으며 기다리기를 약 30분. 환복 이외에도 화장 등 할 일이 있어서 조금 더 걸릴 거라 생각했기에 살짝 놀랐다. 하지만 그보다 더 놀란 것은——.

“어때, 탓군? 잘 어울려?”

조금 전까지의 기세는 어디로 갔을까. 주뼛거리며 부끄러워하는 아리스 씨의 실내복 차림에 나는 할 말을 잃었다.

“뭐, 뭐야…… 무슨 말 좀 해! 호호호, 혹시 안 어울려?!”

“아, 아뇨……! 안 어울리는 건 전혀 아니에요. 오히려 그 반대예요.”

침묵을 부정으로 여겼는지 아리스 씨가 눈물을 글썽이며 다가왔다. 나는 황급히 얼굴을 돌리며 변명했다. 눈 둘 곳을 모르겠으니 부주의하게 다가오지 않았으면 좋겠다.

유즈하 씨가 준비한 옷은 하얀색 시스루 캐미솔 원피스.

건강하게 오동동하고 적당히 육감적인 아리스 씨의 티 없는 사지를 장식하는 데에는 심플한 레이스 디자인으로 충분했다. 시노미야에게도 뒤지지 않을 풍만한 과실이 쏟아질 듯한 것도 파괴력이 상당했다. 역시 프로 모델이다. 말하지 않아도 평소 단련한다는 걸 알 수 있는 스타일이었다.

"반대? 그건 잘 어울린다는 뜻이야?! 귀엽다는 뜻이야?!"

"물어보지 마세요. 그리고 가까워요. 지금 당장 떨어지세요."

"에엥? 왜? 이 정도는 평범한 스킨십이잖아? 아니면…… 내가 밀착하면 곤란할 일이라도 있냥?"

그렇게 말하며 아리스 씨는 놀리듯 몸을 꾹 눌렀다. 얇은 천 너머로 느껴지는 살갗의 온기와 부드러운 촉감에 뇌가 달아올랐다. 다만 이성이 끊어질 일은 없었다. 이유는 시노미야에게 단련되어 다소나마 익숙해졌기 때문이다. 참고로 나머지 요인은 유즈하 씨다.

"……아리스, 뭐 하냐?"

뒤에서 들려온 낭랑한 목소리에 움찔 어깨를 떠는 아리스 씨. 그리고 망가진 용수철 인형처럼 삐걱거리며 머뭇머뭇 돌아보자 그곳에는 팔짱 낀 유즈하 씨가 웃으며 서 있었다.

"그게…… 남매의 스킨십, 이라고나 할까?"

안쓰러운 변명을 하는 아리스 씨. 그 어깨에 손을 턱 얹으며 유즈하 씨는 미소를 유지한 채 다가섰다.

"스킨십 시간은 끝났어, 아리스. 타쿠미도 곤란해하니 떨어져."

"그런가? 탓군은 딱히 싫어하지 않는 것 같은데? 마음대로 결론짓는 건 좋지 않아요."

순순히 물러나면 만사 오케이일 텐데 어찌 된 일인지 아리스 씨는 내 허리에 양손을 감고 꽉 안았다. 소리 없는 비명이 내 입에서 새어 나왔고, 유즈하 씨의 관자놀이에 빠직빠직 균열이 생겼다.

"부러워……가 아니라, 빨리 타쿠미에게서 떨어져, 아리스! 그리고 타쿠미도 조금은 저항해! 내가 안으려고 하면 늘 피하면서……! 이런 건 불공평해! 나도 안게 해 줘!"

탁탁 바닥을 깨부술 기세로 발을 동동 구르는 유즈하 씨. 불공평이고 뭐고, 이건 기습적으로 안겼으니 저항할 수 없었을 뿐이다. 유즈하 씨가 싫다거나 아리스 씨라서 좋은 게 아니다.

"아아…… 유키, 어째 미안하네. 탓군, 촬영 시작할까?"

"동정하는 눈으로 보지 마! 그보다 타쿠미도 뭐라고 말 좀 해?! 나보다 아리스가 좋은 거야?!"

내게서 스윽 떨어진 아리스 씨와 자리를 바꾸는 형태로

유즈하 씨가 다가오더니 멱살을 잡고서 마구 흔들었다.

"딱히 유즈하 씨가 싫은 건 아니에요……! 다만 부끄럽다고나 할까요……."

"그, 그럼 나도 타쿠미를 안아도 된다는 거야?! 꽉 안아도 된다는 거야?!"

"왜 그렇게 되는 거죠?! 안 되는 게 당연하잖아요?!"

사춘기 남자의 섬세한 마음도 조금은 이해해 주길 바란다. 애초에 유즈하 씨 같은 미녀가 밀착하는데 싫어할 남자는 없다. 다만 정말로 안기면 이런저런 중요한 것이 순식간에 날아갈 테고, 여차하면 독점욕이 싹터 절대로 떨어지고 싶지 않을 것이다.

"그러니 유즈하 씨도 떨어지세요. 촬영을 재개할게요!"

양팔을 벌리면 바로 실현할 수 있지만, 나는 마음을 비우고 유즈하 씨를 떼어냈다. 이 사람을 독점하는 건 렌즈 너머로 충분하다.

"으으…… 타쿠미는 바보야! 나한테만 엄격하잖아?!"

그런데도 유즈하 씨는 불만스레 뺨을 부풀리며 항의하는 시선을 보냈다. 이따금 보이는 이렇게 아이 같은 면이 평소의 늠름한 모습과 간극이 느껴져 반칙적으로 귀여우니 적당히 했으면 좋겠다.

"크흐흐. 그러니까 말했잖아요. 탓군을 독점하고 싶은 마음은 이해하지만, 너무 과하면 점수 깎인다고."

의기양양한 얼굴로 말하며 내 팔에 딱 달라붙은 아리스 씨. 그대로 침대로 끌려가 밀려 쓰러지는 미래가 보였기에 살며시 팔을 떼치고 거리를 두었다. 하지만 아리스 씨는 불쾌해하지 않고 오히려 기쁜 듯 웃으며 홀로 촬영 부스인 침대로 이동했다.

"유키랑 팀코하기 전에 솔로로 찍어 줄래? 콘셉트는 '여친과 데이트 중~달콤한 밤 편~' 느낌으로?"

"……알겠어요. 그럼 찍을게요."

아리스 씨가 말하려는 건 아마 즐거웠던 하루가 끝나고 씻고 나서 잘 준비가 된 남녀의 일막일 것이다. 나는 세트 조명을 낮추고 분위기를 조성했다.

"후훗. 역시 탓군이야. 잘 아네."

"감사합니다. 그럼 시작할게요."

이렇게 아리스 씨와 돌발적인 촬영이 시작되었다.

침대 위에서 자유분방하게 움직이면서도 귀엽기도 하고 섹시하기도 했다. 나아가 돌아보기, 곁눈질, 쑥스러운 미소. 셔터를 누를 때마다 다양하게 바뀌는 표정과 동작은 프로 모델의 활약이라고나 할까?

유즈하 씨가 '조용하고 섹시한 여친', 즉 쿨한 여친이라면, 아리스 씨는 그야말로 정반대다. '활발하고 밝은 여친', 즉 씩씩하고 귀여운 여친이다.

달과 태양 정도의 차이가 있어, 지금까지 촬영한 적 없는 타입이라 자연스레 나도 신이 났다. 참고로 시노미야는 굳이 따지자면 유즈하 씨 쪽이다.

"역시 현역 모델이야. 촬영이 익숙하네, 아리스."

"에헤헤…… 감사합니다, 유키. 하지만 탓군의 솜씨가 아주 능숙한 것도 있어요."

촬영하기 매우 편하다고 아리스 씨는 웃으며 말해 주었다. 카메라맨으로서 고마운 말이라고 할까, 평소에도 프로와 함께 일하는 사람에게 그런 말을 들으니 솔직히 기뻤다.

아리스 씨는 자신이 찍히고 싶은 포즈를 취했기에 나는 딱히 지시하지 않았다. 유즈하 씨 때와 달리 완전히 본인에게 맡겼다.

몇 장 찍고 내가 지시하기보다 아리스 씨가 하고 싶은 대로 하게 두는 게 좋은 사진을 찍을 수 있을 거라고 직감했기 때문인데, 이 감각은 동생인 시노미야와 촬영했을 때 느꼈던 것과 아주 흡사했다. 그런 말을 하면 아리스 씨는 어떤 반응을 할까?

"있지, 있지, 유키! 슬슬 같이 찍지 않을래요?"

"그래, 알았어."

마치 귀여운 동생의 어리광을 들어 주는 언니처럼 유즈하 씨는 쓴웃음 지으며 침대 위에서 폴짝폴짝 뛰는 아리스 씨에게 향했다.

"별일이네요. 왜 이렇게 고분고분한 거죠?"

"이럴 때 저항해 봤자 소용없다는 걸 아니까. 타쿠미, 미안하지만 조금만 더 힘내 줄래?"

고개를 절레절레 젓고 어깨를 으쓱하며 침대에 올라가는 유즈하 씨. 항상 입는 실내복을 착용한 두 사람이 나란히 앉았다. 게다가 둘 다 세간에 유명한 미녀. 한순간도 긴장을 늦출 수 없었다.

"괜찮아요. 피곤하기는커녕 오히려 신선해서 아주 즐겁거든요."

유즈하 씨 아닌 사람을 촬영하는 자체가 드문 일인 데다 그 상대가 프로 모델이라면 귀중한 경험일 뿐이다. 그리고 팀코도 처음이기에 아드레날린이 폭발했다.

"유키, 탓군과 나한테 하는 대응이 다르지 않나요? 제게도 조금 더 애정을 표현해도 좋지 않을까요?"

"타쿠미에게 집적거리니까 그렇지. 내 눈에 흙이 들어가기 전에는 타쿠미에게 이상한 짓 못 할 줄 알아."

실로 듬직한 유즈하 씨의 선언에는 감동을 금할 수 없었다. 뭐, 수십 분 전에 안게 해달라고 눈물을 글썽이며 호소했으니 설득력은 아예 없지만.

"탓군, 조심해. 미라 사냥꾼이 미라가 된다는 게 정설이니까."

"누가 미라가 된다는 거야?! 웃기지 마, 아리스!"

"……유즈하 씨, 버둥대면 옷이 흐트러지니 자중하세요."

유즈하 씨를 이해시키고자 달라붙는 유즈하 씨. 안 그래도 입은 옷이 얇아서 선정적인데 뒤엉켜 다투기 시작하면 사고가 일어날 것은 불 보듯 뻔했다. 불이 붙을 걸 알면서도 방치할 정도로 내 이성은 날아가지 않았다. 물론 사진은 몇 장 찍을 거지만.

"타, 타쿠미! 이런 모습은 안 찍어도 되거든?!"

"찍히고 싶지 않으면 알아서 조심하세요."

찰칵, 찰칵, 하고 나는 셔터를 계속 눌렀다. 마치 흐뭇한 고양이들의 다툼 같은 미소녀들의 모습은 실로 그림 같았다. SNS에 올리면 큰 반향을 일으킬 게 틀림없었다.

"알았어! 성실하게 할 테니까 일단 계속 찍어!"

"네…… 저로서는 이대로가 좋다고 생각하지만요……. 탓군에게 골라달라고 해요, 유키."

"잠깐, 아리스?! 너 어딜 만지는……으윽."

공수 역전. 깔려 있던 아리스 씨가 교묘한 몸놀림으로 자세를 바꾸고 유즈하 씨 위에 올라탔다. 그리고 손을 풍만한 과실에 댔다.

"옷 갈아입을 때 살짝 만졌는데, 유키의 몸은 정말 부드럽고 매끄럽네요."

"그, 그만해, 아리스. 타쿠미가 있는데 그런 데를…… 앗, 히익?!"

“이 몸을 마음대로 할 수 있는 사람이 부럽네요. 저는 안 될까요?”

“무슨 소리야?! 나랑 너는 그런 관계가 아니잖아?!”

유즈하 씨의 사지를 아름다운 손놀림으로 부드럽게 쓰다듬는 아리스 씨. 가슴에서 확 조여지는 허리, 그리고 배꼽 언저리를 거쳐 서서히 밑으로 이동했다. 그때마다 유즈하 씨는 몸을 움찔 떨었다.

얼굴도 발그레하게 상기되고 호흡도 거칠어졌다. 전속 카메라맨으로 임명된 뒤 처음으로 보는 요염한 유즈하 씨의 표정에 나는 호흡하는 방법도 잊고 몰두해서 셔터 버튼을 눌렀다.

“후훗. 지금 유키, 정말 귀여워요. 탓군에게 많이 찍어달라고 해야겠어요.”

“아, 아니…… 찍지 마, 타쿠미……. 부끄러우니까…….”

얼굴을 필사적으로 돌리려 하는 유즈하 씨. 손으로 가리려 해도 아리스 씨에게 손목을 꽉 잡혀 구속되었기에 그것을 이루지 못했다.

늠름하고 멋지고 아름다운 성인 여성이 보이는 수치심과 미량의 쾌감에 몸을 뒤트는 모습은 열어서는 안 될 금단의 상자 속을 엿본 듯한 기분이었다. 이런 유즈하 씨를 세상에 풀어도 될지 고민하면서도 내 손은 멈추지 않았다.

“더더…… 새로운 유즈리하 유키를 탓군에게 보여줘요.

괜찮아요, 저도 협력할 테니까요."

"타, 타쿠미…… 도와줘. 뭐든 할 테니까…… 제발."

"좋아요! 아주 좋아요, 유키!"

눈물을 글썽이며 필사적으로 애원하는 유즈하 씨와 그것을 보며 이상한 스위치가 켜져 점점 더 흥분하는 아리스 씨. 내가 어느 쪽 편을 들었는지는 굳이 말하지 않아도 카메라를 멈추지 않았다고만 말하면 알 수 있을 것이다.

*****

많은 일이 있었지만 유즈하 씨와 아리스 씨의 팀코는 어찌어찌 무사히 끝낼 수 있었다. 침대에서 시작했지만 소파로 이동하거나, 아우터를 벗으며 대담한 속옷 차림이 되었을 때는 입에서 심장이 튀어나오는 줄 알았다.

"유즈하 씨도 저런 표정을 짓는구나……."

옷을 갈아입느라 이 자리에 없는 미녀를 떠올리며 나는 혼잣말했다.

매력적이고 매혹적이기도 한 사람이라고는 아주 오래전부터 생각했지만, 오늘은 매혹적인 요소가 더해졌다. 그것은 유즈하 씨에 한하지 않고 아리스 씨에게도 적용되는 것으로, 천진난만한 사람이 갑자기 보여주는 부끄러운 모습에는 감동을 금할 수 없었다.

그런 그녀들의 시선과 나밖에 모르는 표정을 촬영하는 순간만이라도 독점할 수 있었던 것에 어떤 우월감을 느꼈다. 동시에, 만약 이 자리에 시노미야가 있었으면 어땠을까 생각하기도 했다.

"탓군, 수고했어!"

그런 생각을 하는데 먼저 옷을 갈아입고 돌아온 아리스 씨가 기세 좋게 등에 타며 말을 걸었다. 뒤통수에 부드러운 것이 닿아 망상이 들끓었지만 심호흡 한 번으로 모두 토해냈다.

"일일이 스킨십이 너무 격렬해요, 아리스 씨. 또 유즈하 씨에게 혼날걸요?"

"괜찮아, 괜찮아. 유키는 지금 탈의실에서 반성회 & 발버둥 중이니까. 그보다 탓군, 어떤 느낌인지 사진 보여줘!"

"나중에 어떻게 돼도 전 모릅니다. 그래도 사진은 잘 나왔어요."

어차피 떨어지라고 해도 무시할 테니 나는 더 이상 아무 말도 하지 않고 아리스 씨에게 카메라를 건넨 뒤 방금 찍은 사진을 보여주었다.

화면에 비친 그녀의 얼굴은 나이에 어울리지 않게 가련하고 귀엽기도 했으며, 나이에 걸맞은 요염함도 있었고, 유즈하 씨와 얽혔을 때는 선정적이었다. 이런 면은 동생과 닮았다며 마음속으로 쓴웃음을 지었다.

"……있지, 탓군. 방금 리노아 생각했지?"

"……딱히 시노미야를 생각하지 않았어요."

감이 좋군. 얼굴에 티가 났나?

"거짓말 마! 리노아를 생각하고 있다고 얼굴에 쓰여 있는걸! 그보다 탓군한테는 나랑 리노아 중 누가 더 귀여워? 아니, 누가 더 탓군 스타일이야?!"

"왜 그런 이야기가 나오는 거죠? 그 질문에는 대답할 수 없어요."

"나빴다, 탓군! 그럼 대답할 때까지 안 떨어질 거야!"

내 목에 팔을 꽉 감고 밀착하며 저항하는 아리스 씨. 모양을 확실히 알 수 있을 정도로 꾹 눌려 체온이 급상승했다.

"아 · 리 · 스? 뭐 하는 거야?"

어느샌가 돌아온 유즈하 씨가 아리스 씨를 내게서 떼어주었다. 다행이다, 살았다. 그렇게 내가 안도의 한숨을 내쉬려는데 유즈하 씨에게 꽉 안겼다.

"타쿠미에게 집적대지 말라고 아까도 말했잖아? 벌써 잊었어?"

"에엥…… 잠깐 포옹하는 정도는 딱히 상관없잖아요. 닳는 것도 아닌데. 그보다 오늘 하루 같이 있으면서 생각했는데요…… 유키는 탓군의 여자 친구라도 되는 건가요?"

"내, 내가 타쿠미 여자 친구?! 무슨 소리야, 아리스?!"

맥락도 없이 어처구니없는 소리를 하는 점까지는 닮지 않아도 되는데. 나는 너무 어이가 없어서 한숨조차 나오지 않았다.

"처음에는 누나인가 했거든요? 하지만 유키가 이따금 탓군을 보는 눈이 정열적이랄까, '나를 좀 더 봐!' 하는 느낌이 들었어요."

"아아아, 아니야! 나랑 타쿠미는 지극히 건전한 코스어와 카메라맨 관계라고! 그 이상도 이하도 아니야!"

"유키랑 탓군이 사귀지 않는다면 제가 탓군에게 붙어 있어도 아무 문제 없겠네요? 그럼 제가 탓군의 여자 친구로 입후보해도 되죠?"

얼핏 논리적인 아리스 씨의 주장이지만, 그 나이 또래 남자에게 쉽사리 안기는 건 문제밖에 없고, 입후보 운운하는 것도 어떻게 그런 발상을 하는지 전혀 이해가 되지 않았다.

"당연히 안 되죠. 문제밖에 없다고요."

"타쿠미에게 미인계를 펼쳐도 소용없어, 아리스."

어딘가 자랑스럽게 말하며 유즈하 씨는 더욱 강하게, 마치 소유권을 주장하듯 나를 안았다.

"유키가 달라붙었을 때만 저항하지 않는 건 이상하지 않아, 탓군?"

"후훗. 그건 말이지, 나랑 타쿠미가 특별한 관계이기 때문이지. 안 그래……? 우리 관계는 이미 연인을 넘어 가족이라고 해도── 앗, 타쿠미, 어디 가?!"

"유즈하 씨도 포옹 금지예요. 그보다 누가 누구랑 가족이죠……?"

두 미녀의 팔을 뿌리치며 나는 무거운 한숨을 내쉬었다. 시노미야도 포함해서 내 주위에 있는 여성진은 퍼스널 스페이스가 너무 좁다. 이건 중대한 사태다. 엄마의 가르침이 없었다면 지금쯤 어떻게 됐을는지.

"아앗! 알았다! 탓군이 진짜 좋아하는 사람은 리노아구나?! 그래서 나나 유키가 안아도 반응이 시원치 않은 거구나! 맞지?!"

"그래, 타쿠미? 너 아리스 동생이랑 사귀는 거야? 납득할 수 있는 설명을 해 줘야겠어."

"……쓸데없는 소리는 됐고 집에 갈래요."

사람 살려. 머리를 감싸며 두 미녀의 추궁을 무시하고 뒷정리를 시작했다.

제2화 : 보고, 연락, 상담은 중요

유즈하 씨와 아리스 씨와의 야단법석 촬영회가 있은 지 며칠 뒤. 하품을 참으며 등교하자마자 평소보다 더 충혈된 눈의 아라타가 다가왔다.

“타쿠미! 왜 더 빨리 학교에 오지 않는 거야?!”

“……또 뭔데, 아라타.”

평소와 크게 다르지 않은 시간에 교실에 도착했을 터인데 거친 콧김을 내뿜으며 아라타가 시비를 걸었다. 그 원인은 십중팔구 SNS에 올린 그 사진일 것이다.

“무슨 좋은 일이라도 있었어? 혹시 여자 친구가 생겼다거나?”

“시치미 떼지 마! 여자 친구가 생겼으면 바로 자랑했지! 소란스러운 원인은 이거야! 이 사진 뭐냐고?!”

쾅, 하고 기세 좋게 책상에 스마트폰을 올려놓은 아라타. 그런 식으로 난폭하게 다루면 망가진다고 마음속으로 충고하며 화면에 시선을 보냈다.

그곳에는 다름 아닌, 지난 주말에 했던 촬영회에서 찍은 실내복 차림의 유즈하 씨가 침대에 누운 사진이 떠 있었다. 게다가 ‘유즈하 옆’이라는 한 마디와 함께 업로드된 그것은 예상 이상의 반향을 불러와 ‘이런 애인을 원해’, ‘너무 야해', '성적 취향이 이상해질 것 같아' 등의 댓글이 쇄도. 아침에 일어났을 때는 지금까지 중 최고로 화제가 되어 있었다.

"언제부터야, 타쿠미?"

"……또 뭐가?"

폭풍 전야의 고요함이라고 해야 할까? 아라타가 노기를 억누른 저음으로 물었다. 하지만 공교롭게도 나는 친구의 질문이 무슨 뜻인지 이해할 수 없었다.

"시치미 떼지 마. 이 사진은 뭔데? 지금까지 유즈하 사진은 많이 봤지만 이런…… 이런 사적인 느낌이 가득한 사진은 처음이야!"

어깨를 잡고 피눈물이라도 흘릴 기세로 바싹 다가오는 아라타의 모습에 나는 다만 곤혹스러웠지만, 동시에 친구의 발언에 만족감을 느꼈다. 팬에게도 이게 유즈하 씨의 사생활로 보이는 모양이라 다행이었다.

"호텔이야? 아니면 설마 유즈하 씨 집에서 찍은 거냐? 대답해, 타쿠미. 대답에 따라서는 우리 우정을 여기서 끊을지도 몰라."

"유즈하 씨 실내복 차림이 어땠어?"

"그야 당연히 최고지! 미치게 야한 그 옷은 뭐냐?! 게다가 그 유혹하는 듯한 표정과 동작……! 반칙이잖아!"

마음속에 밤새 쌓였을 감정을 주먹에 실어 책상을 있는

힘껏 쾅 때렸다. 마음은 이해하지만, 물건에 푸는 건 좋지 못하다. 할 거면 최소한 자기 책상에 했으면 좋겠다.

"어딘데? 어디에서 이 사진을 촬영했냐고, 타쿠미? 호텔이야? 아니면 설며 유즈하 씨네 집?!"

"진정해, 아라타. 너 지금 지능이 퇴화하고 있다고."

"시끄러워! 이런 사진이 업로드됐는데 냉정할 수 있을 리가 없잖아?! 솔직하게 고분고분 털어놔, 타쿠미. 아니면 설마 너…… 유즈하랑 촬영 이상을 한 건 아니겠지?"

"말조심해라. 해도 될 말과 아닌 말이 있어."

나도 인내심의 끈이 끊어질 수 있다. 내가 유즈하 씨에게 손을 대는 일은 천지가 뒤집어진대도 없다.

원후취월(猿猴捉月). 수면에 비친 달에 아무리 손을 뻗어도 잡을 수 없듯이. 그저 한때 전속 카메라맨을 맡은 데 지나지 않는 내가 그 사람의 빛을, 순백의 빛을 만지는 일이 있어서는 안 된다.

"아, 아하하하……! 노, 농담이야! 미안해! 네가 그런 녀석이 아니라는 정도는 알고 있어! 이건 그거잖아? 집처럼 꾸민 촬영 스튜디오에서 찍은 거지?"

"다 알면서 왜 이러는 거야?"

"혹시 모르니까, 확인차! 댓글에도 '카메라맨이 부러워', '유즈하는 개인 촬영을 하지 않기로 유명한데 설마 이 카메라맨과……?!' 하는 게 있었잖아? 그래서 일단 확인해 두

려고…….”

“하아…… 슬프다, 아라타. 너만은 나를 그런 눈으로 보지 않을 줄 알았는데.”

“그러니까 미안하다잖아! 기분 풀어, 타쿠미!”

울며 매달려도 이미 늦었다. 균열이 생긴 우정을 복구하려면 점심을 쏴야 한다고 말하려는데 가슴 주머니에 넣은 내 스마트폰이 부르르 진동했다. 메시지 착신이었다. 보낸 사람은 옆자리의 공주님.

“……또 무슨 꿍꿍이야?”

나는 교실의 중심에 있는 동그란 무리 쪽으로 눈길을 보냈다. 그곳에서는 내게 일말의 불안을 품게 하는 장본인인 시노미야가 급우들과 즐겁게 담소를 나누고 있었다. 그 표정은 평소와 마찬가지로 온화하고 미소를 띠고 있는데, 왜인지 나는 그녀에게서 불온한 기색을 느꼈다.

“왜 그래, 타쿠미? 시노미야를 멍~하니 보고. 설마 네가 진짜 좋아하는 사람은 유즈하가 아니라 시노미야야?”

시노미야 리노아 팬클럽이라는 수상한 조직에 소속된 아라타가 입가를 씩 올리며 물었다. 너무나도 빠른 그 회복력에 어깨를 으쓱이며 대답했다.

“딱히 그런 거 아니야. 그냥 평소와 분위기가 다른 것 같았을 뿐이야. 그보다 너한테 그런 말은 듣고 싶지 않네.”

“그래? 내게는 여느 때처럼 가련하고 귀엽고 아름다운

시노미야로 보이는데.”

옆자리라서 알 수 있는 건가? 부럽네. 그렇게 중얼거리는 아라타.

남의 마음도 모르고 무책임한 말을 한다. 매일 반 친구에게 받는 질투와 선망의 시선은 정신적으로 타격이 있다고. 하지만 시노미야의 옆에서 멀어지고 싶다고 말했다가는 그건 그것대로 “배부른 고민이네”라며 혼날 것 같기는 하지만.

그런 생각을 한 것과 같은 타이밍에 다시 스마트폰이 진동했다. 보낸 사람은 동일 인물. 같은 공간에 있는데 왜, 하고 수상쩍게 생각하며 무리의 중심으로 시선을 보내자――.

“――후훗.”

스마트폰으로 입가를 가리기는 했지만, 다 가려지지 않은 고혹적인 미소를 띤 시노미야와 눈이 마주쳤다.

뇌리에 불길한 예감이 스쳐, 어리둥절한 표정을 짓는 아라타를 무시하고 나는 메시지를 확인했다.

메시지는 총 3개. 최신 내용은【왜 무시하나요?】. 나머지 두 개는【어떤가요?】라는 의미심장한 말과 한 장의 사진. 그것을 본 순간, 내 입에서 소리 없는 비명이 새어 나왔다.

“?!?!?!”

스마트폰 화면을 보며 눈이 휘둥그레진 나를 보고 아라타가 의아해했다. 진정해, 동요하지 마, 라고 스스로 되뇌며 심호흡하는데 그 타이밍에 또 메시지가 왔다. 게다가 연속으로.

【무시라니 너무해요, 안노.】
【혹시 마음에 안 들었나요?】
【안노의 감상을 들려주세요.】

시노미야가 키득키득 소악마처럼 웃는 소리가 들리는 듯했다. 맙소사, 완전히 손바닥 위에서 놀아나고 있다. 이대로라면 공주님의 의도대로 된다.

『감상이고 뭐고 없거든?! 갑자기 이게 뭐야?!』
【뭐긴 뭐예요. 오늘 입은 속옷이죠.】

"무슨 문제라도?"라며 자못 당연한 듯 의기양양한 표정으로 말하는 시노미야의 모습이 보이는 듯했다. 스마트폰을 집어던지고 싶은 충동에 사로잡혔지만, 겨우 억누를 수 있었던 것은 기적에 가까웠다. 만약 집에 있었다면 틀림없이 침대로 던졌을 것이다.

"갑자기 왜 그래? 피곤해서 정서가 불안정해진 거 아니야?"

"괜찮아. 문제없어."

나는 심호흡하며 날뛰는 심장을 진정시킨 뒤 다시 스마트폰에 시선을 보내 첨부된 사진을 상대했다.

그 사진은 셀카였다. 그것도 속옷 차림으로 거울 앞에 선 과격한 것으로, 피사체는 두말할 나위 없이 시노미야.

사진 속에서 공주님이 입고 있는 속옷은 여고생이 입기에는 일반적으로 적합하지 않은 성숙한 것이었다. 심지어 쓸데없이 잘 어울렸다.

정교한 꽃 레이스가 풍성하게 달린 디자인으로, 가슴 부분은 투명감이 있지만 화려한 자수 레이스 덕에 요염함과 고상함이 양립하고 있었다.

또한 가터가 달린 허리 디자인은 배 언저리를 보정하며 잘록한 허리에 색채를 부여했다. 커트 라인이 아슬아슬한 팬티는 요염하고 아름다웠다. 자칫 잘못하면 음란해질 수 있는 세 개 세트지만, 시노미야의 타고난 청초함이 그것들을 완벽히 없애주었다. 거기까지 생각했을 때 나는 이 속옷에 기시감이 들었다. 어딘가에서 본 것 같은데――?

그런 내 마음의 목소리가 들렸는지 시노미야에게 메시지가 왔다.

【이 속옷, 우에즈 사장님네 가게 신상이에요.】

『어쩐지. 신상 안내 카탈로그에 실려 있던 거구나.』

【맞아요. 지난주에 안노가 유즈하 씨랑 같이 촬영회를 한 날 사러 갔었어요!】

【안노에게 처음으로 보여주고 싶었어요. 그러니까…….】

어중간한 부분에서 갑자기 끊어진 문장. 왜, 라고 생각한 순간 답은 머리 위에서 내려왔다.

"안노의 감상을 들려주지 않을래요?"

"시, 시노미야……."

올려다보자 그곳에는 소악마가 유혹하는 듯 악한 미소를 띤 시노미야가 서 있었다. 감상을 바란다면 최소한 점심시간에 단둘이 옥상에 있을 때 말해 주길 바랐다. 아라타를 포함해 반 친구들이 들을지도 모르는 상황은 다양한 점에서 좋지 않다.

내가 뭐라고 대답해야 할지 고민하는데 시노미야는 불만스레 뺨을 부풀리며 스마트폰을 톡톡 두드렸다.

【혹시 안 어울리나요? 아니면 안노의 취향이 아니었나요, 가터벨트는?】

끄으응, 하고 이상한 신음이 새어 나왔다. 책상 밑에서 주먹을 움켜쥐고 분노를 억지로 꽉 눌렀다. 내가 이 자리에서는 절대로 대답할 수 없는 것을 알고 마음껏 부추기다니 청초한 외모와 달리 상당히 근성이 있다.

"시노미야, 감상이라니?"

"후훗. 별거 아니에요. 어제 안노와 어느 영화 이야기를 했거든요. 그걸 봤다기에 재미있었는지 물어보려고요."

"흐음…… 영화 감상이라. 타쿠미, 나한테도 알려줘. 뭘 봤는데?"

왜 거기서 아라타를 끌어들이냐는 호소를 시선에 담아 나는 시노미야를 노려보았다. 하지만 공주님에게는 이런 것이 산들바람에 지나지 않는지,

【안노는 어떤 속옷을 좋아하나요? 가르쳐주면 그걸 입고 셀카를 찍어 보낼게요.】

【아니면…… 사진이 아니라 직접 보고 싶은가요?】

【촬영회라도 할까요? 유즈하 씨네랑 했던 것 같은 걸…… 말이에요.】

이 메시지를 본 순간, 내 등줄기에 오싹하게 오한이 내달렸다. 그와 동시에 전에 없을 정도의 압박을 느꼈다.

"왜 그래요, 안노? 안색이 안 좋은데요?"

걱정하는 시노미야의 다정한 목소리. 하지만 오늘만은 거기에 공포를 느껴 식은땀이 솟구쳤다.

촬영회 의상을 시노미야가 알고 있는 건 놀랄 만한 일은

아니다. 아라타도 봤듯이 지난번에 찍은 사진은 SNS에 올렸다.

그보다 시노미야가 '유즈하 씨네'라고 강조한 게 훨씬 더 문제였다. 설마 알고 있을까? 지난번 촬영회에 유즈하 씨 말고 또 한 명의 인물이 있었던 걸. 그리고 그게 누구였는지를.

【그래요. 지난번에 유즈하 씨랑 찍은 사진 진짜 좋았어요. 역시 전속 카메라맨이네요.】

『고마워. 그렇게 말해 주니 기쁘네.』

진정해, 너무 심각하게 생각하지 마. 이렇게 해서 나를 흔드는 게 시노미야의 작전일지도 모른다.

애초에 아리스 씨에게는 모쪼록, 절대로, SNS에는 사진을 올리지 말라고 신신당부했다. 여하튼 사적인 촬영회였으니 소속사 허락도 필요할 터였다. 유즈하 씨와 달리 편집하지 않은 데이터를 넘겼다. 지금으로선 그 약속을 지켜 준 것 같으니 시노미야가 알기란 불가능했다.

【제 속옷에 대한 감상도 들려줄 거죠?】

【당장이 아니라도 괜찮아요. 이번 주말 촬영회 때 정리해서 들려줘요.】

『잠깐만. 정리해서 들려달라니 무슨 소리야?』

【그야 뻔하죠. 이제부터 촬영회 때까지 매일 그날 입은 속옷 셀카를 보낼 테니 각각 감상을 말해 달라는 뜻이에요.】

"야, 진짜 괜찮은 거야, 타쿠미? 힘들면 보건실에 가는 게 좋지 않을까?"

"……그러게. 몸이 좀 안 좋으니 오늘은——."

조퇴할까, 하고 가방을 손에 들고 일어서려는데 운 나쁘게 HR 시작을 알리는 종이 울렸고 사쿠라자와 선생님이 씩씩하게 교실로 들어와 기회를 놓쳤다.

"오늘 하루도 힘내요, 안노."

"……응."

천사 같은 미소를 지은 시노미야의 말이 "놓치지 않아요"라고 말하는 것처럼 들린 것은 분명 피로 때문일 것이다. 나는 스스로에게 그렇게 되뇌며 주말 촬영회를 어떻게 극복할지 생각했다.

*****

"대답해요, 안노. 왜 언니를 아리스 씨라고 부르는 거죠?"

결국 아무것도 떠올리지 못한 채 주말을 맞이했고, 시노미야가 예고 없이 낮에 집으로 찾아와 내가 필사적으로 가능성을 배제하며 생각하지 않으려 했던 사진을 거실에서 보여주며 심문했다.

"왜 그래요, 안노? 입 다물고 있지 말고 제 질문에 대답해요!"

시노미야의 토라진 목소리에 제정신을 차리자 내내 침묵하던 내게 화가 나 테이블에서 몸을 내밀었을 시노미야의 얼굴이 눈앞에 있었고, 나도 모르게 깜짝 놀라 의자에서 떨어졌다.

"아앗?! 안노, 괜찮아요?!"

"아, 응…… 괜찮아. 그래서…… 무슨 얘기를 하던 중이었지?"

허리를 문지르며 일어나 의자에 다시 앉았다. 만화처럼 떨어진 모습을 보고 시노미야도 동요했는지 일단 심호흡을 한 뒤 다시 물었다.

"언니를 이름으로 부르는 이유요. 애초에 안노는 언니랑 무슨 관계죠?"

"그전에 묻겠는데. 그 사진…… 아리스 씨의 사진은 어떻게 얻었어? 유즈하 씨한테 받았어?"

"……언니가 보냈어요. '탓군이 찍어 줬어!'라는 메시지와 함께요."

"그 사람은 정말이지……!"

나는 무심결에 머리를 감쌌다. 추궁해 봤자 "리노아한테는 보냈지만 약속대로 SNS에는 안 올렸어"라고 진심으로 말할 게 눈에 훤했다. 게다가 자랑이 아니라 그저 일상 보고라고 생각할 것 같아서 더 답답했다.

"저는 질문에 답했어요. 이번에는 안노 차례예요!"

혹시 질투하는 거냐며 자만하고 싶지는 않다. 나는 한 호흡 쉰 뒤 즉각 생각난 변명을 입 밖에 냈다.

"딱히 아무 관계도 아니야. 유즈하 씨를 통해 잠시 이야기를 나눈 정도의 관계라고."

"그럼 왜 이름으로 부르죠? 그 정도 관계라면 절대로 이름으로 부르지 않는다고요."

"아리스 씨가 '시노미야라고 부르면 리노아랑 같아서 헷갈리잖아! 나는 부담 없이 이름으로 불러!'라고 끈질기게 말하니 어쩔 수 없었어."

실제로는 끈질기게 말하지는 않았지만 무언의 압력을 느낀 것은 사실이다. 거기에 다소 각색을 더해 책임을 전가한대도 아리스 씨의 지금까지의 행동을 고려하면 별거 아니다. 오히려 아직 부족하다.

"그렇군요……. 결국 끈질기게 부탁하면 안노는 그렇게까지 친하지 않은 여성을 이름으로 부른다는 말이군요."

"왜 그런 결론에 도달하는데?!"

"제 처음을 빼앗았으면서 언니와도 그렇게……. 안노는 바보예요. 바람둥이, 연상 킬러."

그렇게 말한 시노미야는 뺨을 부풀리며 흥 하고 얼굴을 돌렸다. 나로서는 그저 난감할 따름이었다. 그나저나 바보는 괜찮지만 바람둥이라니 트집에도 정도가 있다. 연상 킬러는 또 뭐냐. 가짜 뉴스가 너무 심하다.

"저기…… 시노미야? 혹시 화났어?"

"화 안 났어요. 조금 삐졌을 뿐이에요."

그럼 화난 것과 별반 다르지 않잖아, 라고 나는 쓴웃음 지으며 어깨를 으쓱했다.

다만, "말하기 싫어요"라고 온몸으로 호소할 때 어떻게 하면 좋을지, 여성과 교제한 경험이 없는 나는 알 수 없었다. 대체 어떻게 하면 좋을까? 이대로라면 촬영회를 할 때가 아니다. 머리를 감싸고 싶었지만 그때 문득 과거에 우에즈 사장님에게 들은 말이 생각났다.

언제쯤이었는지는 기억나지 않지만, 아마 유즈하 씨에게 "왜 유즈하 씨 말고 다른 사람을 찍으면 안 되나요?!"라며 싸웠을 때였을 것이다.

『잘 들어, 탓군. 여자는 말이지, 신경 쓰이는 남자에게는 특별 취급을 받고 싶은 법이야.』

『그러니까 만약 사소하게 어긋나 상대의 기분이 상하면 코스 네임 유즈하 씨가 아니라 친애를 담아 유키 씨라고 불러 봐. 괜찮아, 그걸로 분명 끝장날 테니까.』

그런 말을 윙크와 함께 우에즈 사장님에게 들었고, 그대로 했더니 즉효를 넘어 극약이어서 기분도 풀리고 무사히 화해할 수 있었지만, "앞으로는 유키 씨라고 친애를 담아 부르도록!"이라고 했기에 곤란했다.

뭐, 이건 우에즈 사장님이 "늘 본명으로 부르는 건 당연히 NG지!"라고 벼락을 내려 준 덕분에 무사히 넘어갔다.

각설하고.

결국 시노미야가 바라는 건 그런 것이리라. 너무 부끄러워서 얼굴에서 불이 날 것 같지만 이대로라면 끝이 없을 테니 나는 숨을 내쉬고 각오한 뒤――.

"저기…… 어떻게 하면 기분을 풀지 알려줄래, 리노아."

"간단히 용서받을 수 있을 거라 생각했다면 큰 오산이에요! 저도 이름으로 불러 주면…… 안노. 방금 뭐라고 했나요?"

"어떻게 하면 기분을 풀 건가요?"

"아니요! 그다음이요! 그다음에 뭐라고 했나요?!"

다시 몸을 바짝 들이대는 시노미야. 게다가 하마터면 코끝이 닿을 정도의 기세였다. 긴 속눈썹에 보석 같은 눈동자와 눈앞에서 흔들리는 풍만한 두 개의 과실. 어딜 봐도 내 심장의 고동은 빨라졌다.

"어떻게 하면 기분을 풀지 알려줄래, 리노아? 라고 말했는데…… 이게 아닌가?"

"아, 아니요! 앞으로는 제게 친애를 담아 리노아라고 불러 주세요!"

유즈하 씨와 같은 말을 하네, 라고 마음속으로 태클을 걸며 나는 쓴웃음을 지었다.

"아니, 그건 좀 곤란한데……."

"이름으로 불러 주지 않으면 안노에게 도촬당했다고 사쿠라자와 선생님께 말할 거예요?! 그래도 괜찮나요?!"

"협박이냐?!"

도촬당했다고 말한다는 건 자신이 방과 후 빈 교실에서 스트립쇼나 다름없는 짓을 했다고 자백하는 것과 다름없다. 작은 것을 주고 큰 이익을 취하는 거로구나. 그렇게까지 이름으로 불러 주길 바라냐는 말이 목 끝까지 차올랐지만, 전에 없이 진지하고 기백 넘치는 표정으로 빤히 바라보는 시노미야에게 압도되어 아무 말도 할 수 없었다.

순순히 백기를 들고 패배를 인정하라는 목소리와 아직 포기하지 말고 저항하라는 함성이 뇌 속에서 싸웠다. 고민한 끝에 내가 내린 결론은——.

"아, 알았어……. 그럼 앞으로는 리노아라고 부를게."

"후훗, 솔직하고 다정한 안노라면 그렇게 말할 줄 알았어요."

만족스레 함박웃음을 지으며 머리를 쓰다듬어 주는 시

노미야. 뭐지, 당한 것 같은 느낌인데? 마치 바둑판 위의 바둑돌이라도 된 기분이었다. 하지만 나도 저항하지 않은 것은 아니다.

"그렇지만 단둘이 있을 때만 이름으로 부를 거야. 만약 납득이 가지 않는다면 시노미…… 리노아 마음대로 해."

아무리 그래도 많은 사람 앞에서 리노아라고 부를 수는 없었다. 어딜 갔을 때라면 몰라도 아는 사람밖에 없는 학교에서 말했다가는 그 순간 아라타를 포함한 시노미야 리노아 팬클럽 회원에게 붙들려 화형에 처할 것이다.

"……단둘이 있을 때만 이름으로……. 후훗, 좋아요. 아주 좋네요."

흥분돼요, 라고 어째서인지 뺨을 붉히며 몸을 배배 꼬는 시노미야. 나쁜 짓을 하고 쾌감에 잠긴 듯한 반응을 보자 내 선택이 잘못되었나 싶어 벌써 후회가 되었다.

"그런데 괜찮을까요, 안노? 단둘이 있을 때만 저를 이름으로 부르면 또 비밀이 늘어나는데요?"

"이제 와 비밀 한두 개 는다고 뭐가 다르겠어……."

도촬을 계기로 시작된 촬영회. 이것을 거듭하면 거듭할수록 내 안에서 아무에게도 말할 수 없는 비밀이 쌓여 갔다. 앞으로도 추가될 것은 뻔했기에 오차 같은 것이다.

"확실히 안노에게 이 정도는 비밀에 속하지 않겠죠. 잠꼬대로 저를 '엄마'라고 부르며 안기고……. 그때 안노는 정말 귀여웠어요."

"그건 잊어 줘! 아니면 지금 당장 나를 죽여 줘!"

나는 귀를 막으며 테이블에 엎드렸다. 시노미야의 집에서 촬영회를 하고 어쩌다 보니 하룻밤을 보낸 다음 날 아침의 일이다. 잠꼬대한 나는 주방에서 앞치마를 두르고 아침을 차리는 시노미야에게서 엄마의 모습을 느껴 나도 모르게 어리광 부리듯 안기고 말았다. 그건 인생을 통틀어 워스트 3 안에 드는 큰 실수였다.

"후훗. 늘 의젓한 안노가 아이처럼 어리광 부리는 모습을 잊고 싶어도 잊을 수 없죠. 덕분에 저는 모성에 눈을 떴답니다."

그렇게 말하며 시노미야는 일어나더니 앞에서 옆으로 이동했다. 그 얼굴에는 모성과는 달리 음탕한 미소가 떠올라 있었고, 내 무릎에 손을 스윽 대는 동작은 소름 끼칠 정도로 고혹적이었다.

"원할 때 원하는 만큼. 언제든 제게 어리광을 부려도 돼요. 제가 안노를 많이 치유해 줄 테니까요."

"그렇게 해서 내 약점을 잡으려고 하지 마."

"무릎베개하고 귀를 파 주기도 할게요."

"………."

허벅지를 톡톡 치는 시노미야. 부드러운 살이 적당한 붙은 그것을 벤다. 귀도 파 주며 머리를 쓰다듬어 준다면 하루의 피로도 순식간에 날아갈 것이다. 그 광경을 상상하며 나는 마른침을 꿀꺽 삼켰다. 불건전한 짓이 아닌데 심장이 경종을 울렸다.

"원한다면 옆에서 같이 자줄게요."

"가, 같이 잔다고?!"

나도 모르게 목소리가 뒤집어졌다. 얼마 전에 시노미야와 한 이불을 덮고 같이 잤다. 그 극상의 행복한 시간을 다시 한번 맛볼 수 있다는 것은 바라마지않는 일이지만, 정신 위생상 대단히 좋지 않은 것도 사실이다. 그런 나의 심정을 비웃듯 시노미야는 얼굴을 내 귓가까지 슥 들이대고,

"안노가 바란다면 꽉 안아주기도 할게요."

달콤한 목소리로 속삭였다. 입에서 심장이 튀어나올 것 같다는 말을 전에 없이 실감했다. 옆에서 자는 것만으로도 어떻게 될 것만 같은데, 거기에 안기까지 한다면 잠을 자기는커녕 눈이 말똥말똥할 자신이 있다. 눈만 그렇다면 좋겠지만.

"안노가 순순히 어리광을 부린다면 해줄게요. 어떤가요?"

그렇게 말하며 큭큭 웃는 시노미야. 완전히 손바닥 위에서 놀아나고 있다. 아리스 씨와 마찬가지로 건전한 사춘기 남자 고등학생의 순정을 놀리다니 최악의 행동이다.

"하아…… 같이 잔다느니 안는다느니, 그런 말을 가볍게 하지 마. 내가 착각하면 어쩌려고 그래?"

"착각이요? 후훗. 해도 된다고 하면 어떻게 할래요——아야?!"

깐족거리는 시노미야의 머리에 가차 없이 손날을 날린 뒤 나는 일어나 소파로 이탈했다. 이대로 시노미야의 페이스로 대화를 이어간다면 정말로 착각해서 안을 판이었다. 이성이 남아 있어서 다행이었다.

"으으…… 저랑 안노의 사이라면 사양할 것 없는데. 차려 놓은 밥상도 못 먹는 건 남자의 수치라는 속담을 모르나요? 모른다면 가급적 빨리 사전을 찾아보세요!"

"그래, 그래, 내키면 찾아볼게. 그보다 오늘 목적은 아리스 씨의 사진을 추궁하려는 게 아닌가 보지?"

오히려 시노미야가 찾아봐야 하는 게 아닌가 하고 마음속으로 딴죽을 걸며 나는 한참 빗나간 오늘의 주목적으로 궤도를 강제 수정했다.

"앗, 그랬죠! 오늘은 안노가 흠뻑 젖어 훤히 비치는 사진을 찍어 주기로 약속했죠!"

"그런 약속이 있긴 했지만, 다른 표현이 있지 않을까?"

너무나도 노골적인 표현이라 조금 더 순화해 줬으면 좋겠다.

"사소한 건 신경 쓰지 말아요. 그보다 한 가지 상의하고 싶은 게 있어요. 시추에이션은 하굣길에 비가 오는 걸로 제안했지만, 데이트 중에 비가 오는 설정으로 변경하지 않을래요?"

갑자기 진지한 모드로 변모하면 간극 때문에 깜짝 놀라니 그러지 않았으면 좋겠다. 나는 헛기침을 한 번 하고 마음을 진정시킨 뒤 시노미야의 제안에 대답했다.

"좋아. 사복이면 그 뒤에 어떻게 됐을지 상상을 자극하고, 스토리를 형성할 수도 있을 것 같아서 재미있겠네."

"스토리 형성이요?"

"지금까지 한 촬영……이라기보다 이번에도 말인데. 시추에이션이나 의상만을 정하고 찍었잖아? 하지만 이번에는 말 그대로 '연인과 데이트하러 갔다가 비가 내려 흠뻑 젖었다'는 스토리가 되도록 사진을 찍는 거야."

"그렇군요……. 연인과 데이트요?"

신묘한 얼굴로 중얼거리는 시노미야. 이상한 방향으로 착각한 게 아닐지 불안해졌지만, 내가 이 이야기를 꺼낸 데는 이유가 있다.

시노미야가 사진을 찍히고 싶은 가장 큰 동기는 '내가 모르는 나를 보고 싶다'이니까. 지금까지 한 촬영에서 렌즈 너머로 본인조차 몰랐을 시노미야 리노아의 맨얼굴을 엿보았고, 가슴속에 담아 두었던 언니에 대한 마음도 알 수 있었다.

앞으로는 어떤 시노미야 리노아를 찍을까? 그렇게 생각했을 때 예전에 만들었던 유즈하 씨의 사진집들을 집어 들었다.

시노미야가 코스프레한다면 어떤 캐릭터가 잘 어울릴까? 메이드도 괜찮겠지. 아리스 씨와 블루와 핑크 머리 메이드 자매 팀코를 하면 틀림없이 화제가 될 것이다. 아니면—— 그런 상상을 즐겁게 하며 페이지를 팔랑팔랑 넘기다가 반쯤 무의식중에 이런 말이 입에서 새어 나왔다.

『시노미야의 사진집…… 언젠가 만들고 싶다.』

하늘의 계시, 란 그야말로 이걸 두고 하는 말이리라. 이것이 내 목표가 되었다. 하지만 이것은 어디까지나 내 개인적인 이야기이고, 어쩌면 내 고집 같은 것이다. 시노미야가 흥미를 보이지 않으면 이 이야기는 묻힌다. 무엇보다 시노미야 자신이 생각하는 바가 있을지도 모른다. 일단은 그것부터 확인해야 한다.

"데이트 중에 비가 내려서 황급히 집에 돌아온다면 그 뒤의 장면은…… 남자 친구 셔츠를 입는 거겠네요?"

"……어?"

어느샌가 옆에 앉은 시노미야. 그녀의 태연한 한마디에 어느샌가 사고의 바다에 빠져 있던 나는 현실로 끌려 나왔다.

"비가 내려서 남자 친구네 집에 간다. 흠뻑 젖은 옷을 말린다. 그사이에는 남자 친구의 옷을 빌린다. 자연스러운 흐름이잖아요?"

"그, 그렇지……."

"아니면 안노는 옷이 마를 때까지 소중한 여자 친구를 속옷 차림으로 둘 생각인가요? 아니면 속옷도 벗기고 알몸으로 두고서——."

"스토————옵!! 더 말하지 마! 그보다 진지함과 소악마 사이를 반복적으로 오가는 것 좀 그만둘래?!"

두통과 현기증이 동시에 덮쳐와 나는 무심결에 관자놀이를 눌렀다. 젖은 옷을 말리는 동안 남자 친구의 옷을 빌리는 건 잘못되지 않았다. 시노미야의 말대로 지극히 자연스러운 일이고, 남자 친구의 셔츠를 입는 시추에이션은 바라는 바다. 하지만 마지막 말은 필요 없다.

"저로서는 안노가 꼭 그래야 한다면 협력할게요. 오히려 언니보다 훨씬—— 아야?! 뭐 하는 거예요?!"

"아리스 씨와 경쟁하려고 한 벌이야."

손날을 날린 시노이야의 머리에 손을 턱 얹고 부드럽게 쓰다듬었다. 그러자 으으, 하고 뺨을 붉게 물들이고 항의하는 신음을 했다.

"이 이야기는 일단 제쳐두고. 설마 정말로 남자 친구 셔츠를 입게? 갈아입을 옷을 안 가져왔어?"

"당연히 안 가져왔죠. 여하튼 처음부터 그럴 생각이었으니까요."

알고 있었다. 어차피 그럴 줄 알았다. 혹시 몰라 물어봤을 뿐이니 진저리 치지 마라, 타쿠미.

"하아…… 그럼 촬영이 끝나면 내 옷을 빌려줄게."

"마를 동안 안노의 옷을 입고 촬영해요! 그 뒤에는 저녁을 먹고요! 제가 만들게요!"

내 옷을 입은 시노미야를 찍는 것까지는 좋지만 그 뒤엔 왜 그런 전개로 이어지는 거지? 이 짧은 시간에 같은 태클을 여러 번 걸게 하지 말아 주라.

"저녁까지 만들게 할 수는 없지. 그보다 너무 늦게 가면…… 그, 부모님께서 꾸중하시지 않을까?"

머뭇머뭇 물었다. 시노미야의 집을 한마디로 표현하자면 '엄격'이다. 아버지는 개업의이고 어머니는 의류 회사를 창업해 인기 브랜드로 승화시킨 유능한 경영자. 그런 부모님이 거는 기대는 막중했다. 통금이 있는지는 모르겠지만, 귀가가 늦어지면 한 소리 들을 것이 틀림없다.

"아아, 그거라면 안심하세요. 부모님은 오늘부터 일주일 정도 출장 때문에 안 계시거든요."

"뭐……라고?"

하필이면 이 타이밍에 부모님이 출장을 가셨다니. 타이밍이 기가 막힌다. 그 말을 곧이곧대로 믿어도 될까? 아니,

이게 아리스 씨라면 몰라도 시노미야가 그런 거짓말을 할 거라고는——.

“안노가 원한다면 오늘 밤엔 안노네 집에서 잘 수도 있어요. 오히려 저로서는 그러고 싶은데…… 안 될까요?”

“아니, 아니, 아니! 당연히 안 되지?!”

“안노는 저희 집에서 한 번 잤으니, 제가 안노네 집에서 자도 문제없잖아요?”

“그, 그렇게 말하면 할 말이…….”

여기서 정론을 펼치지 말아 주라. 부모님에게 들킬 걱정이 없다지만 그 나이 또래 여자애가 무단으로 남자 집에서 외박하는 건 빈말로라도 좋다고는 할 수 없다.

“안노는 총명하니까요. 자고 간다고 해도 준비해야 할 게 많을 텐데 괜찮을까 생각할 테지만 안심하세요. 이렇게 될 줄 알고 갈아입을 속옷은 가져왔답니다.”

“속옷은 가져온 거냐?! 그럼 젖은 옷은 어쩌고?”

“그건 안노네 집에서 빨려고 했죠. 그러면 동거 놀이도 할 수 있으니 일석이조예요.”

그 말의 의미에 나의 사고가 정지했다. 설령 그러는 척일지라도 시노미야와 한 지붕 아래에서 함께 지내자는 말을 듣는다면 여하튼 그 생활을 생각할 수밖에 없다.

“어떤가요, 안노? 저와 단 하루의 동거 생활을 해 보지 않을래요?”

"그건……."

이성은 No라고 외치고, 본능은 Yes라며 고개를 끄덕이라고 속삭였다. 코끝이 닿을 정도로 얼굴을 들이댄 시노미야. 긴 속눈썹, 도톰한 입술. 보석 같은 눈동자. 온몸에서 감도는 색향으로 마비된 뇌를 필사적으로 회전시켜 내가 도출한 답은——.

"하, 하룻밤이라면……."

"안노라면 그렇게 말할 줄 알았어요. 참. 내일은 일단 집에 가서 갈아입을 옷과 교복도 가져올까요? 그러면 계속 묵을 수 있어요."

혼자 있는 게 거의 당연한 이 집에서 누군가와 함께, 그것도 시노미야 같은 절세 플러스 소악마 같은 미녀와 침식을 함께했다가는 몹쓸 인간이 될 자신이 있다.

"그건 절대로 안 돼! 대단히 매력적인 제안이지만 문제가 일어날 미래가 훤히 보이니 하지 말자!"

무엇보다 내일도 묵는다면 그다음 날은 월요일이다. 즉, 등교해야 한다. 여하튼 시노미야라면 "같이 등교해요!"라고 말할 게 뻔했다. 백번 양보해서 그것까지는 좋다. 아라타에게 추궁당한대도 어떻게든 변명하면 된다. 문제는 냄새다. 나와 시노미야에게 같은 샴푸 냄새가 난다면 의심받아 디 엔드다.

"그렇군요, 알겠어요. 그럼 1박 한 뒤에 다시 생각해 보는 걸로 하죠."

"안 되거든?! 딱 하루만이야!"

이대로 얼렁뚱땅 눌러앉을 것 같은 기세의 시노미야에게 나는 강철 같은 의지를 발동했다. 모든 일엔 넘어가도 될 일과 아닌 일이 있다. 유감스럽게도 이번 경우에는 후자다.

"하아…… 좋아요. 내일도 묵어도 될지는 안노의 몸에 물어보면 될 일이니까요."

"모, 몸에 물어봐?! 오늘 밤에 대체 무슨 짓을 하려는 거야?!"

"후훗. 그야 뻔하잖아요……?"

고혹적인 표정으로 말하며 시노미야는 몸을 더욱 밀착하고 귓가에서 뜨거운 숨결과 함께 감미로운 목소리로 속삭였다.

"맛있는 저녁을 만들어 줄게요. 내일도 먹고 싶다고 말하고 싶어질 만큼 아주 맛있는 밥을요."

"아, 그렇구나……. 밥 말이구나."

"어머나. 안노는 무슨 상상을 한 거죠? 혹시…… 같이 목욕하거나 동침할 줄 알았나요?"

그렇게 말하며 혀로 입술을 핥는 시노미야. 그 나이답지 않게 요염한 동작에 등줄기가 오싹했다. 서큐버스 뺨치게 정기를 쪽 빠는 게 아닐까? 지금의 시노미야에게는 그만큼의 색향이 있었다.

“나 참…… 안노는 야하네요.”

“커헉?!”

놀리듯 귀여운 목소리로 청초한 공주님에게는 어울리지 않는 단어를 듣자 나는 무심결에 가슴을 누르며 웅크렸다. 이런 건 규칙 위반이잖아. 말 한마디에 이렇게까지 정서가 불안해지다니.

“재미있기는 하지만 안노를 놀리는 건 여기까지 할게요. 슬슬 촬영 준비를 할까요?”

“……그래.”

피곤하다. 아직 일어나서 아침 겸 점심을 먹은 것밖에 없는데 몸도 마음도 온종일 활동한 것처럼 피곤했다.

“우선은 흠뻑 젖을 준비부터 해야겠네요. 욕실을 써도 될까요? 샤워하고 올게요.”

“잠깐 기다려. 굳이 샤워하지 않아도 비를 맞아서 흠뻑 젖는 연출은 할 수 있어.”

“네? 그런 비법이 있나요?”

“가능하다마다. 여기서 잠깐 기다려. 겸사겸사 카메라 준비도 할 테니까.”

내가 생각해도 의기양양한 얼굴로 말하며 소파에서 일어나 방으로 향했다. 시노미야에게 흠뻑 젖는 시추에이션을 제안받았을 때부터 이렇게 될 줄 알고 미리 방법을 생각해 두었다. 나는 카메라와 스트로보, 그리고 소도구를 들고 거실로 돌아왔다.

"어서 와요, 안노. 그건…… 분무기인가요?"

"맞아. 이거라면 적시고 싶은 부분만 적실 수 있을 거야."

내가 들고 온 것은 균일가로 구매한 빈 스프레이 병. 샤워는 대략적으로 적실 수밖에 없지만, 이거라면 적시고 싶은 부분을 집중적으로 노려서 적실 수 있다.

"분무기로 충분히 젖은 것처럼 표현할 수 있고, 촬영 전에 뿌리면 머리카락에서 물방울이 떨어지는 연출도 가능하고, 딱 좋게 비치는 느낌도 낼 수 있을 거야."

그렇게 의기양양하게 말하고 있지만, 유즈하 씨와 했던 비슷한 작업을 떠올렸을 뿐이었다.

"그렇군요……. 안노, 혹시 천재예요?"

"경영 수영복 때처럼 샤워하게 할 수는 없으니까."

흠뻑 젖은 시추에이션이라고 정말로 온몸이 흠뻑 젖을 필요는 없다. 꼭 할 거라면 옷 밑에는 수영복을 입어야겠지. 뭐, 사실 거기까지 가면 그냥 바닷가에 가서 외부 촬영을 하는 게 낫지만.

"그럼 바로 물을 담아 올게요! 앗, 그런데 어디서 촬영하죠? 아직 안 정했죠?"

"듣고 보니 안 정했네. 비를 맞고 집에 왔다는 시추에이션이라면 현관 아니면 젖은 몸을 닦을 테니 탈의실?"

"네! 저는 탈의실이 좋을 것 같아요! 물도 가까이에 있고, 젖은 옷을 벗는 전개로도 바로 옮길 수 있으니 탈의실이 좋겠어요!"

손을 척 들고 소리 높여 주장하는 시노미야. 이 압력은 굴해도 좋을 압력이다. 내가 고개를 끄덕이자 시노미야의 얼굴에 웃음꽃이 피어났고, 주방으로 이동해 쏴 하고 분무기에 물을 채웠다. 나는 그사이에 카메라 세부 설정을 시작했다.

"우후훗. 이제부터 저는 안노에게 흠뻑 젖겠군요. 정말 기대돼요!"

황홀한 표정으로 분무기 안에 물을 채우는 시노미야. 말과 어우러져 이제부터 외설적인 짓을 하자는 식으로 들렸기에 나는 머릿속에 떠오른 시노미야의 난잡한 모습을 열심히 몰아냈다.

*****

준비가 끝나고 나와 시노미야는 촬영 장소인 탈의실로 이동했다.

"자, 안노. 마음껏 저를 적셔요!"

"그래, 그래. 이제 딴죽 걸 힘도 없다."

양팔을 쫙 벌린 시노미야에게 나는 한숨을 쉬며 어깨를

으쓱였다. 일일이 진지하게 상대하다가는 정신이 못 버틸 것이다.

참고로 시노미야의 오늘 의상은 니트 원피스. 여성스러움을 끌어올린 머메이드 라인. 상반신은 리브 편직 민소매 니트와 투명감 있는 얇은 시어 소재를 불균형하게 도킹시킨 독특한 디자인이었다.

청초하고 고상해서 이것 한 장으로 시노미야의 분위기에 딱 맞았다. 그것을 지금부터 내 손으로 흠뻑 적신다고 생각하자 긴장되어 손이 떨렸다.

"후우…… 그럼 시작할게."

"네! 잘 부탁드립니다!"

긴장 때문에 목이 바싹바싹 마르는 것을 느끼면서 나는 분무기를 들었다. 이렇게 하는 것까지는 유즈하 씨와 촬영하며 경험했으니 괜찮다고 생각했지만, 어째서인지 그때보다 더 내 심장은 쿵쾅쿵쾅 경종을 울렸다.

마지막에 두세 번 심호흡을 한 뒤 분무기 손잡이에 손가락을 걸었다.

우선은 머리카락부터. 머리카락 끝에서 물방울이 떨어지는 느낌은 사진을 찍을 타이밍에 다시 한번 뿌리면 되기에 여기서는 전체를 적셨다.

"괜찮아? 차갑지 않아?"

"괜찮아요. 오히려 조금 기분이 좋을 정도예요."

오늘은 아침부터 후텁지근하니까. 기온도 폭염 직전까지 올라간 모양이니 그런 의미로는 이 촬영이 안성맞춤일지도 모르겠다.

"분무기로 충분할지 싶었는데 의외로 잘 젖네요."

"입자가 고우니까. 샤워기보다 가벼우면서 리얼함이 살아나지."

감탄하는 시노미야에게 나는 필사적으로 평정을 가장했다. 긴장하지 말라고 스스로 되뇌면 되뇔수록 심장 고동이 가속되는 악순환. 시노미야는 그런 내 마음속을 읽었는지 히죽거리며 소악마처럼 입가를 일그러뜨렸다.

"후훗. 이제 옷을 적실 차례예요, 안노."

"굳이 말하지 않아도 알아."

도발하고 있다. 놀리고 있다. 그걸 알기에 나도 모르게 무뚝뚝한 말투가 되고 만다. 그런 나의 명백한 반응을 보고 시노미야의 미소가 더욱 깊어졌다.

젠장, 완전히 이 상황을 즐기고 있다. 그냥 이대로 당할 수만은 없다. 나는 깊게 숨을 내뱉은 뒤 니트에 물을 뿌렸다.

아주 서서히, 하지만 확실히 젖어 가는 원피스. 속옷도 희미하게 비쳤다. 그 색깔은 고상한 검은색에 꽃무늬. 지난 며칠, 매일 아침 보내온 셀카 덕에 익숙한 줄 알았지만 아무래도 그건 내 착각이었나 보다. 꿀꺽 마른침을 삼키며

손잡이에서 손가락을 떼려는데,

"그만두지 말아요……. 좀 더, 뿌려줘요."

갑자기 시노미야가 녹아내린 듯한 목소리로 말하며 내 손을 잡았다. 카메라를 들지 않았는데 표정과 눈동자는 뜨거워졌다.

"시, 시노미야?"

"아직 부족해요. 더 뿌려주세요. 저를 더 적셔주세요."

"아, 아니…… 이미 충분한데……."

말투가 심장에 치명적이었다. 뿌리는 것이 물이란 건 알고 있는데 나도 모르게 부정한 상상을 하고 말았다.

"그리고 호칭…… 단둘이 있을 때는 리노아라고 부르기로 약속했잖아요. 벌써 잊어버렸나요?"

"미, 미안……. 리, 리노아……."

얼굴이 뜨거웠다. 아리스 씨 때는 그렇게까지 거부감이 없었는데 시노미야를 이름으로 부르려 하니 왜 이렇게 가슴이 두근거리는 걸까? 왜 가슴이 확 죄어드는 걸까? 그 의문의 답을 생각하며 나는 공주님이 바라는 대로 분무기를 재개했다.

"있죠, 안노. 왜 배 언저리에만 뿌리는 거죠? 더 위에도…… 가슴 쪽에도 뿌려주세요."

"그, 그건…… 더 이상 적시지 않아도 비치니까……."

"안 돼요. 더 제대로 적셔주세요. 그렇지 않으면 찍었을 때 잘 안 나올지도 모르잖아요."

"……크."

옳은 말을 하다니. 나는 마음속으로 투덜거리며 어쩔 수 없이 니트가 살에 딱 달라붙을 때까지 분무기를 뿌려댔다. 그 결과, 시노미야가 입은 속옷 색깔은 물론이거니와 디자인까지 확실히 보였다.

"이제 어때?"

"보기 좋게 비치네요! 이제 여기에도 부탁드려요."

그렇게 말하며 시노미야는 목덜미에서 쇄골에 걸친 데콜테, 나아가 그 밑의 골짜기를 가리켰다. 그 라인은 그야말로 예술이었다. 저 사이에 끼고 싶다는 멍청한 생각을 할 정도로 강렬한 유혹의 향기를 내뿜고 있었다.

"목덜미에서 골짜기로 스륵 물방울이 떨어지면 남자는 가슴이 두근거린다고 들었는데 어떤가요?"

"………그런가?"

저하된 사고력으로 생각하기를 3초. 나는 시노미야의 말대로 그녀의 데콜테에서 가슴 언저리에 물을 뿌렸다. 그러자 도자기 같은 피부가 흠뻑 젖었고, 가슴 사이로 물방울이 흘렀다. 그 요염하고 아름다운 모습에 시선이 고정되었다.

"안노…… 그렇게 빤히 보면 부끄러워요."

"으윽?! 미, 미안해!"

"후훗. 이다음은 렌즈 너머로 봐요, 안노."
"으, 응……."
촬영은 아직 시작도 되지 않았는데 완전히 시노미야의 계략에 빠져버렸다. 이제부터 어떻게 되려나. 생각하면 우울해질 것 같아서 나는 한숨과 함께 사고를 포기하고 분무기를 내려놓은 뒤 카메라를 집었다.

*****

"피곤하다……."
소파에 털썩 앉으며 나는 천장을 올려다보았다.
시각은 현재 밤 10시를 막 지나고 있었다. 촬영은 진즉에 끝났고, 저녁도 먹어 휴식 중이었는데, 아무래도 마음이 편하지 않은 것은 세탁기가 덜컹덜컹 돌아가는 소리에 섞여 욕실에서 희미하게 들려오는 귀여운 콧노래 때문일 것이다.
"시노미야, 정말로 여기서 자고 가려는 건가……?"
당연히 나를 놀리기 위한 농담이라고 생각했지만 시노미야는 지극히 진지하게, 모든 촬영이 끝나자 물 흐르듯 저녁 준비를 시작했고, 아주 자연스럽게 욕실에 들어갔다.
"……작업이나 할까?"
심두멸각이면 불 또한 차다. 시노미야가 욕실에 있다는

생각을 하니 잡념이 싹트며 부정한 생각에 정신이 오염되는 것이다. 이럴 때는 무심해져야 한다. 나는 무거운 허리를 들고 방으로 가 컴퓨터를 켜고 몇 시간 전에 촬영해 따끈따끈한 사진들을 편집하기 시작했다.

결론부터 말하자면 촬영 자체는 잘되었다. 분무기를 이용해 '데이트 중에 비가 와서 흠뻑 젖은 여자 친구'라는 시추에이션도 예상했던 것보다 괜찮게 재현할 수 있었다.

"아무에게도 보여주지 않는 게 아깝지만 누구에게도 보여줄 수는 없지."

쓴웃음과 함께 혼잣말하며 한 장, 한 장 사진을 확인했다.

흠뻑 젖은 머리카락. 희미하게 비치는 검은 레이스 속옷. 니트가 몸에 딱 달라붙어 옷 위에서도 알 수 있는 풍만한 과실의 윤곽이 강조되었다. 요컨대 착에로*라는 것인데, 아무것도 입지 않은 것보다 색향이 감도는 듯했다.

이런 조건들에 부끄러운 듯 뺨을 붉히면서도 어딘가 기대하는 듯 뜨거운 눈동자로 이쪽을 빤히 바라보는 시노미야의 의도가 더해지면 이 사진이 지니는 매력과 파괴력이 한계를 돌파한다.

"……보여줄 수 없다기보다 보여주기 싫어."

그 이유는 하나가 아니지만, 가령 누군가에게 보여준 순간에 촬영자가 누군지 특정될 것이 틀림없다. 그리고 만에 하나 나라는 걸 들킨다면 그 시점에 고교 생활은 종료다.

---

*옷을 입고도 야하다는 뜻

그렇게 되는 게 나뿐이라면 차라리 괜찮을지 몰라도 시노미야 역시 어떻게 될지——.

"하지만 사진집은 만들고 싶어……."

파멸 욕망이 있는 것은 아니다. 갈등도 된다. 본인에게는 입이 찢어져도 말할 생각은 없지만, 독점욕이 있다는 걸 인정해도 좋다. 고교생 안노 타쿠미는 같은 반 친구인 시노미야 리노아의 아무도 모르는 민낯을 독점하고 싶다.

하지만 미숙하나마 카메라맨으로서 활동 중인 안노 타쿠미는 그림 속 여신 같은 절세 미녀의 다양한 얼굴을 많은 사람이 알길 바랐다.

밝고 눈부신 미소를 짓는가 싶더니 보는 이를 매혹하는 요염하고 아름다운 미소를 짓는다. 겉으로는 티 없는 피부에 순진하고 청초한 공주님. 하지만 그 뒤에는 풍만한 두 개의 과실과 몸을 무기 삼아 유혹하며 이성을 침해하는 소악마가 깃들어 있다. 게다가 이 이면성의 표현을 누군가에게 배운 것이 아니라 카메라를 들이대면 자연스레 전환된다. 그 천부적 재능으로는 유즈하 씨와 어깨를 나란히 할 수 있는, 어쩌면 그것을 초월할 가능성마저 숨어 있다. 그런 사람의 사진을 찍고 나만 만족하는 건 잘못되었다.

"어려운 문제야, 이건."

사진을 바꾸었다. 화면 속에서는 의상은 바뀌지 않았지만 바스트 샷이 아니라 온몸을 도발하는 듯한 구도로 바꾼

한 장. 상반신뿐만 아니라 하반신도 흠뻑 젖었기에 브래지어에 팬티까지 비쳤다.

『빠, 빤히 보지 말아요……. 부끄러워요.』

온몸을 찍어 달라고 제안한 것은 다름 아닌 시노미야 본인이다. 비를 맞았다면 온몸이 젖지 않고는 부자연스럽다며 직접 원피스 아래쪽을 적셨다. 그 결과, 차분한 검은색 바탕에 보라색 꽃무늬 레이스가 달린 팬티의 윤곽이 훤히 떠올랐다.

청초함과는 정반대인 농염한 속옷이 비쳐 보이자 카메라맨이기 이전에 건전한 사춘기 남고생의 몸으로서는 응시하는 것이 당연지사. 그걸로 토라지는 건 부당하다.

그런데도 나는 마음을 비우고 다양한 각도에서 흠뻑 젖은 시노미야의 촬영을 이어갔다.

『……저기, 안노. 보고, 싶나요?』

내 손을 멈춘 시노미야의 중얼거림. 살며시 고개를 숙였지만 귀까지 빨갛게 물들이며 시노미야는 치맛자락에 손을 댔다.

『보고 싶다면…… 그, 특별히 보여줄 수도, 있어……요.』

무엇을 할지 알아차린 나는 천천히 걷어 올리는 그 모습을 연사로 찍었다. 부끄러운 듯 얼굴을 돌리고 아슬아슬하게 보이지 않는 절대 영역에서 손을 멈추었다.

『안노에게라면 보여줘도…… 아니, 안노가 보길, 원해……요.』

시노미야가 화상을 입을 정도로 뜨겁게 젖은 목소리로 애원하자 무심결에 꿀꺽 마른침을 삼킨 것은 두말할 나위 없었다. 내가 내놓은 대답은──.

"뭐 해요, 안노?"
"──히익?!"
걷어 올린 치맛자락 사진에서 다음 사진으로 넘어가려 했을 때, 노크도 없이 들린 목소리에 어깨가 움찔 떨리며 이상한 목소리가 나왔다.
의자를 빙글 돌려 돌아보자 그곳에는 욕실에서 나온 시노미야가 수건으로 머리의 물기를 닦으며 서 있었다. 참고로 시노미야가 입고 있는 것은 남친 셔츠 촬영에서 사용했던 것과는 다른 내 검은색 티셔츠와 반바지.

잘 때는 엄마 옷을 입히려고 했지만, 시노미야가 단호하게 "안노가 집에서 입는 옷이 좋아요!"라며 듣지 않았기에 어쩔 수 없이 내가 가진 옷 중에서 가장 깔끔한 새 옷을 빌려주었다.

"남의 방에 들어올 때는 노크 정도는 하자."

"억울하네요. 똑똑똑 세 번이나 했는데요? 혹시 못 들었나요?"

"……몰랐어."

도저히 믿을 수가 없었다. 그만큼 사진 확인에 집중했다는 뜻이지만, 세 번이나 문을 두드렸다면 아무리 몰두했어도 알아차렸을 것이다.

"후훗. 혹시 안노, 제가 욕실에 있는 사이에 야한 거라도 봤나요?"

"……뭐?"

"얼버무리지 않아도 괜찮아요. 안노도 혈기왕성한 남학생이고, 무엇보다 변태인 걸 알고 있으니까요."

잘 안다는 듯한 얼굴로 말하며 시노미야가 다가왔다. 아무것도 모른다고 마음속으로 중얼거리며 한숨을 쉬었다. 야한 것이냐 아니냐고 묻는다면 답은 예스겠지만, 그게 설마 자기 사진일 줄은 모를 것이다. 하지만 이건 내 명예가 걸린 일이기에 재빨리 움직여 사진 창을 닫고 증거를 인멸했다.

"아아! 왜 닫는 거죠?! 저도 볼래요! 이후 촬영에 참고하게요!"

소리 높여 주장하며 시노미야가 내게 뛰어들었다. 의자에 앉아 있어서 미처 피하지 못하고 밀착을 허용했다.

씻고 나와 살며시 붉게 상기된 살갗과 촉촉하게 젖은 머리카락. 감도는 색향은 벌꿀처럼 달콤하고 단아한, 한 번 핥으면 즉시 천국행일 맹독. 그야말로 마성. 같은 반 여고생이 내뿜어도 될 것은 아니었다.

나아가 시노미야의 머리카락과 몸에서 풍기는 향기가 평소 내가 사용하는 샴푸나 보디워시와 똑같은 것도 정서를 뒤흔드는 요인이었다.

"후훗. 왜 멍하니 있죠, 안노?"

"멍하니 있긴 누가 멍하니 있어! 그리고 말해 두겠는데, 야한 걸 보지 않았어. 사진 확인을 하고 있었을 뿐이야."

"사진? 그건 저번에 찍은 언니의 난잡한 실내복 사진 말인가요?"

노기를 띤 목소리로 묻는 시노미야. 게다가 팔 힘이 포옹에서 조르기로 이행되어 어쩐지 숨쉬기가 답답했다.

"아, 아니야. 내가 보던 건 시노미…… 오늘 찍은 리노아 사진이야."

"……네? 저요?"

단념한 나는 방금 닫은 사진 파일을 다시 열었다. 그곳에는 직전까지 보고 있던, 젖어서 비치는 원피스 자락을 걷어 올리는 시노미야의 사진이 떴다.

"뭘 쓸 수 있을지 확인하고 있었어. 그러니까 이상한 짓을 하던 게……."

"쓰, 쓸 수 있다니…… 설마 따따따, 딸감으로요?!"

당황해 내게서 후다닥 떨어진 시노미야. 믿을 수 없다는 듯 경악한 표정으로 바라보았다. 분노를 넘어 질린 나는 어깨를 으쓱이며 문 쪽을 가리켰다.

"……자, 그럼 잠시 입을 다물까? 그리고 우향우해서 지금 당장 방에서 나가."

"후훗. 농담이니 화내지 말아요."

그렇게 말하며 시노미야는 또 달라붙었다. 기분 탓일까? 팔에 붙은 말캉말캉 감촉이 평소보다 부드러웠다.

"그런데 안노는 제 사진에서 뭘 확인한 건가요?"

뺨이 붙을 듯한 거리에서 화면을 엿보는 시노미야. 향기와 체온이 평소보다 더 가깝고 진하게 느껴져서 뇌가 어질어질한 것을 필사적으로 견디며 질문에 대답했다.

"찍은 사진은 늘 리노아에게 주잖아? 어떤 사진을 줄지 고르던 참이야. 그 뒤에는 편집하고."

"편집?"

"리터칭이라고 말하기도 하는데……. 그보다 이런 얘기가 재미있어?"

"네. 아주 재미있어요. 혹시 괜찮다면 어떻게 하는지 보여줄래요? 방해는 하지 않을게요."

세부 조정이 이어지는 밋밋한 작업이다. 화면으로 봐도 특별할 건 없다. 딱히 재미있는 것도 아니라 봐도 지루할 뿐일 테지만 시노미야가 원한다면 거절할 이유도 없다.

"알았어. 리노아 사진으로 하고 싶긴 하지만 유즈하 씨 사진으로 해도 될까? 사진집 제작이 코앞이거든."

"……그건 이의가 없다고 하면 거짓말이겠지만 어쩔 수 없네요. 마감이 최우선이죠."

"이해해 줘서 고마워."

나는 쓴웃음을 지으며 작업을 시작했다. 고른 사진은 어느 종말 세계를 무대로 귀여운 소녀가 총을 들고 괴물과 싸우는 소셜 게임의 인기 캐릭터. 할 작업은 화면에 찍힌 스로틀 삭제와 피부색의 질감 및 미세 조정. 그리고 전체적인 색감 수정과 효과 추가.

유즈하 씨는 의상이나 화장, 캐릭터에 대한 이해도도 높아서 표정이나 동작도 완벽하다.

내게 요구되는 것은 재현도를 높이는 일. 전용 사진 편집 소프트를 이용해 현실에서 찍은 사진을 이곳과는 다른, 하지만 확실히 존재하는 세계라고 여기게 할 마법을 사진에 부린다.

"……좋았어, 시작해 볼까?"

짝, 하고 뺨을 때려 기합을 넣은 뒤 작업을 시작했다. 바로 옆에서 시노미야가 보니 신경 쓰이네. 이건 코스플레이어 '유즈하'의 사진집에 실을 사진이다. 집중하자. 그렇게 스스로 되뇌었다.

딸깍딸깍 마우스와 키보드를 조작하는 무기질적인 소리가 조용한 방에 울려 퍼졌다. 옆에 있는 시노미야는 약속대로 조용히 화면을 볼 뿐이기에 처음에는 긴장되었지만 이내 작업에 몰두할 수 있었다.

작업이 일단락되었을 때 등을 쭉 펴며 시계를 확인하자 놀랍게도 자정이 지나 있었다.

"후우…… 벌써 시간이 이렇게 됐네. 리노아, 슬슬 잘 준비를―― 뭐야, 진짜냐?"

내가 작업에 몰두할 수 있었던 정숙의 이유. 그것은 옆에서 작업을 구경하던 시노미야가 어느샌가 내 침대 위에 누워 새근새근 잠들었기 때문이었다. 난감하네. 엄마 침대에서 재울 생각이었으니 일단 깨울까? 하지만 잠든 시노미야의 귀여운 얼굴을 보니 깨우기 싫었다.

"하아…… 어쩔 수 없지. 오늘은 소파에서 자자."

몸이 뻐근했지만 오늘 밤에는 참고 내일은 꼭 집에 돌려보내자. 그렇게 마음속으로 다짐하며 나는 시노미야를 이불 속에 넣고자 몸을 일으키려 했고,

"……응?"

허리에 감으려던 손이 멈추었다. 내 눈에 날아든 것은 시노미야의 풍만한 두 언덕, 그 끝이 밀어 올리듯 볼록 떠오른 광경이었다. 그때 깨달았다. 세탁한 것은 원피스뿐만이 아니었다.

"아니, 잠깐. 갈아입을 속옷은 가져왔다고……."

그 말을 믿고 이 무리한 숙박을 허가했다. "정말로 가져왔는지 보여줄까요?"라고 물었지만 부끄러워서 확인하지 않았는데 설마 거짓말은 아니었겠지?

"……말도, 안 돼."

큰일 났다. 봐서는 안 된다는 걸 아는데 나는 시선을 가슴에서 밑으로 옮기지 않을 수 없었다. 본래 보여서는 안 될 서혜부 라인이 희미하게 떠올랐고 치골이 살며시 보였지만 이건 환각, 기분 탓이라고 생각하고 싶었다.

"이 바보야……!"

나는 솟구치는 분노를 담아 주먹을 허공에 휘둘렀다. 그리고 발을 동동 구르고 무거운 한숨을 내뱉으며 머리를 감쌌다.

"쉽게 재우는 게 아니었어……."

다시 한번 한숨과 함께 흑심을 몰아내고 눈을 감아 만에 하나라도 시야에 들어오지 않도록 얼굴을 돌리며 시노미야를 깨우지 않도록 몸을 들어 이불 속으로 넣었다.

"……됐다."

일단 해결되었다. 하지만 봐서는 안 될 것을 보고 졸음이 싹 달아났다. 최악이다. 이렇게 되면 해가 뜰 때까지 작업을 할 수밖에 없잖아. 나는 엄마의 방에 이불을 가지러 가 그것을 머리에 뒤집어쓴 채 의자에 앉았다.

"잊어버려, 잊어버려, 잊어버려, 잊어버려……!"

주문처럼 필사적으로 외며 나는 해가 뜰 때까지 작업에 몰두했다. 그사이, 이따금 침대에서,

"……안노는 바보예요. 패기가 없어요."

토라진 목소리가 들린 것도 같지만, 그건 분명 잠이 부족해서 들리는 환청일 거라고 생각했다.

제3화 : 리노아와 소꿉친구식 데이트

"졸려……."

점심시간. 오랜만에 구름 한 점 없이 환한 햇살이 쏟아지는 옥상에서 나는 크게 하품했다.

"나 참…… 몇 번을 말해야 알겠어요, 안노. 매일매일 밤늦은 시간까지 작업을 하면 안 돼요."

"여러 번 말했지만, 이 난장판이 끝날 때까지만 할 거니까 괜찮아."

오랜만에 시노미야가 준비해 준 수제 도시락에 감탄하며 나는 대답했다. 수면 부족의 원인은 당신에게도 있거든요. 라고 마음속으로 덧붙였다.

"그러고 보니 안노. 여름 일정은 정해졌나요?"

"또 갑작스럽네. 아직 6월이야."

"오늘 아침 뉴스에서 곧 장마가 끝난다고 들었어요. 장마가 끝나면 여름이 오잖아요. 여름 하면 바다잖아요? '바다' 하면 수영복이잖아요?"

"요즘 종종 보는 조잡한 3단 논법이네. 놀라움을 뛰어넘어 질린다."

"……도시락, 몰수합니다?"

"여름 하면 수영복이지! 응, 나도 그렇게 생각해!"

위장을 담보 잡혔다거나 시노미야가 노려보는 압박에 굴한 것이 아니다. 아직 다 먹지 않았는데 회수한다고 해서 그랬을 뿐이다. 시노미야의 수제 도시락을 남겨서는 안 된다, 절대로.

"하아…… 뭐, 농담은 이쯤하고. 설마 이제 곧 여름이니 주말에 수영복을 사러 가고 싶다는 건 아니겠지?"

"맞아요! 나 참, 알고 있으면 시치미 떼지 말고 처음부터 말해요. 깜짝 놀랐잖아요."

즐거운 듯 웃으며 어깨를 찰싹찰싹 때리는 시노미야의 모습에 나는 속으로 한숨을 쉬었다. 설마 시노미야 같은 사람이 이렇게 만화에서 자주 볼 법한 단골 대사를 할 줄은 몰랐다.

"실은 작년에 산 마음에 드는 수영복이 작아졌어요."

그렇게 말하며 자신의 가슴께에 손을 얹고 요염하게 씩 웃는 시노미야. 그 요염한 표정에 심장이 벌렁거렸다. 교복 너머로도 크기를 알 수 있는 과실에 시선이 이끌려 나도 모르게 마른침을 꿀꺽 삼켰다.

"그, 그래? 그러면 새로 사야겠네……."

"………."

나는 눈을 돌리며 어떻게든 말을 쥐어 짜냈지만 시노미야는 아무 말도 없이 다만 가늘게 뜬 눈으로 노려보았다. 무표정이 무서웠다. 불길한 예감이 머리를 스쳤다.

"저, 저기…… 시노미야? 설마 싶기는 하지만…… 그 쇼핑에 나도 같이 가자는 건 아니겠지?"

"바로 그거예요. 알면 처음부터 말해요, 파트 2예요. 다음에 또 시치미를 떼면 정말로 도시락을 몰수할 겁니다."

"아니, 아니?! 수영복을 보러 갈 거면 나 말고 다른 사람이 낫지 않을까? 여자 친구랑 가는 게 더 좋을 텐데?"

수영복 선택에 남자가 따라가도 좋을 이유라곤 없다. 이건 지론이지만, 남자가 같이 가 봤자 변변한 조언이라곤 ——귀엽다고 연호하는 Bot이 될 뿐—— 하지 못하고, 오히려 자신의 취향과 기호를 강요하게 될 뿐이다.

하지만 천사 같은 미녀인 시노미야가 상대라면 이야기는 조금 달라진다. 소악마 같은 일면이 있기에 궁금한 수영복을 시착해서 나를 설레게 할 것은 상상하기 어렵지 않았다.

"물론 그런 생각도 했어요. 실제로 작년에는 친구랑 같이 갔고요. 다만 그때 조금 성가시다고 할지, 안 좋은 일이 일어나서요……."

"안 좋은 일이라니?"

"그건…… 수영복을 사서 가게를 나섰더니 대학생쯤 되는 남자들이 말을 걸었어요. 아무래도 수영복을 살 때부터 저희를 노리고 있었던 모양이더라고요. 그래서……."

"아아…… 그렇구나."

그때 일이 떠올랐는지 몸을 부르르 떠는 시노미야.

다는 아니어도 대강은 알 수 있었다. 그런 이야기를 지금까지 듣지 못한 게 오히려 신기할 정도였다. 학교에서는 팬클럽 회원이 눈을 빛내고 있으니 사고가 일어나지 않지만, 밖에서는 그렇지도 않다.

"혼자일 때는 다 무시하지만 같이 있던 친구가 반응해서……. 아무리 거절해도 전혀 포기하질 않아서 혼났어요."

"그야 뭐…… 그랬겠네."

"때마침 지나가던 경비원 아저씨 덕분에 무사히 넘어갔지만, 그런 우연은 자주 일어나지 않을 테니까요……."

다시 한번 같은 일이 일어난다면 무서우니 여자 친구와 같이는 갈 수 없다고 시노미야는 말을 이었다. 마음은 이해한다. 그런 일이 있었으니 트라우마가 될 법도 하다.

"그러니 안노! 이번 주말에는 저랑 같이 쇼핑하러 가요! 설마 거절하지는 않겠지요?"

"……정중히 거절하겠습니다, 라고 말한다면?"

"유감이네요. 이왕이면 안노가 골라줬으면 했는데. 거절한다면 어쩔 수 없죠. 저를 도촬한 안노의 사진을――."

"기꺼이 동행하겠습니다!"

알고 있었다. 처음부터 내게 거부권이 없다는 정도는. 혹시 몰라 확인해 봤을 뿐이다.

"그럼 변태 숫총각 안노에게 제안할게요. 수영복 선택이 아니라 여름방학 때 바다에 가서 촬영할 의상 선택, 이라고 생각하면 어떨까요?"

"아아…… 그렇군."

누가 변태냐, 라고 마음속으로 태클을 걸었다. 그리고 의상 선택이라고 생각해도 그게 수영복이라면 의식을 전환하기는 어렵다. 뭐, 란제리가 아닌 것만 해도 다행이지만.

"참 · 고 · 로……."

그렇게 말하며 귓가에 얼굴을 스윽 들이댄 시노미야. 음성이 여신의 그것에서 정기를 빨아들이는 몽마의 그것으로 변해 요염하게 속삭였다.

"새 수영복을 입은 저를 볼 수 있는 건 이 세상에서 안노 한 명뿐이에요. 이게 무슨 뜻인지 알죠?"

"으응?!?!"

조용히 귓속말하는 시노미야 때문에 나의 심박수는 급상승했다.

남녀를 불문하고 시노미야의 수영복 차림을 내가 독점할 수 있다. 너무나도 감미로운 울림에 뇌가 떨렸다. 이 매혹적인 권리를 제시받고 고개를 저을 수 있는 인간이 있다면 지금 당장 여기로 데려와 봐라.

"……몇 시에 만날까?"

"후훗. 안노라면 그렇게 말할 줄 알았어요. 시간은 오후 2시 정도가 어떨까요? 집까지 데리러 갈게요."

“일부러 집까지 오지 말고 역에서 만나면 되잖아? 두 번 수고하는 건데.”

“스토리예요, 스토리! 저번에 안노도 말했잖아요. 소꿉친구가 집에 데리러 오는 이미지라고요. 아니면 아침에 깨우러 가도 되고요.”

또 종잡을 수 없는 소리를 한다며 어깨를 으쓱거리고 싶었지만 말을 꺼낸 사람은 나이니 거세게 반론할 수 없었다.

게다가 소꿉친구 시노미야를 망상하고 말았다. 태어났을 때부터 늘 함께한 사이. 가족 모두가 아는 사이고 부모가 공인한 관계. 유치원부터 고등학교까지 같은 반이었던 질긴 인연. 그 녀석은 복 받은 놈이네. 다만 지나치게 귀여워서 남자가 끊임없이 접근한다고 생각하면 의외로 힘들지도 모르겠다.

“후훗. 제 입으로 말해 놓고 좀 그렇지만 잠꾸러기 안노를 깨우러 가는 건 있을 법하죠. 실행으로 옮겨도 될까요?”

“……아니면 소꿉친구와 외출 시추에이션 느낌으로 촬영할까?”

이거라면 지난주에 찍었던 ‘데이트 중에 비가 내려 흠뻑 젖은 여자 친구’와도 연결할 수 있다. 반사적으로 그렇게 말했지만 그 의미를 알아챘을 때는 이미 늦었다. 시노미야는 활짝 웃으며 몸을 바짝 붙였다.

"좋네요! 꼭 해요! 안노의 소꿉친구가 될게요! 쇼핑 데이트해요!"

"알았어! 알았으니까 진정해! 도시락이 쏟아지겠네. 달라붙지 마!"

도시락통을 들고 필사적으로 외쳤지만 흥이 오른 시노미야의 귀에는 들리지 않았다. 너무 성급한 말이었을지도 모르겠다.

"그럼, 그럼! 당일엔 오전에 안노네 집에 갈게요. 앗, 더 리얼하게 하기 위해 스페어키를 빌릴 수 있을까요?"

"스, 스페어키?"

"벨을 누르고 방문하는 것보다 소꿉친구이니 제집 같은 느낌으로 쳐들어가는 게 더 좋지 않을까요?!"

"그건 진짜 소꿉친구일 때 얘기지?! 우리는 그런 관계가 아니고, 우리 집을 제집처럼 드나들면 곤란하거든?!"

"그럼…… 우리는 어떤 관계인가요?"

애절한 목소리로 말하며 시노미야가 내 가슴에 살며시 손을 얹었다. 그리고 빤히 눈을 치뜨고 바라보며 심장 언저리를 손가락으로 쓰다듬었다.

"그, 그건……."

머리가 돌아가지 않았다. 나와 시노미야는 그저 같은 반 친구인가? 아니면 도촬을 담보로 일그러진 계약을 맺은 관계인가? 아니, 아니다. 나와 시노미야는 좀 더 다른——.

“그리고…… 단둘이 있을 때는 이름을 부르기로 약속했잖아요? 또 잊어버렸나요?”

“끄, 끄으응…….”

“얼른 알려주세요. 안노는 저와의 관계를 어떻게 생각하는지. 아아, 아니면 어떤 관계가 되고 싶은지도 괜찮아요.”

그렇게 말하며 시노미야의 손이 뻗어와 내 뺨을 살며시 만졌다. 그녀의 얼굴에는 타락천사 같은 고혹적인 미소가 떠올라 있었고, 그것은 숨 쉬는 방법을 잊게 할 정도로 매력적이었다.

“나, 나와 리노아의 관계는…….”

“관계는? 아야?! ……뭐 하는 거예요, 안노?!”

불쑥 다가온 시노미야의 머리에 나는 손날을 날렸다.

“그만 까불어. 사춘기 남고생의 순정을 농락하는 거 아니야.”

시노미야와의 관계를 다른 형태로 진전시키고 싶은지 아닌지 묻는다면 답은 전자에 가깝지만, 더 이상 친밀한 관계가 되면 헤어 나올 수 없을 것 같아서 두렵다. 이미 늦었다고 한다면 할 말은 없지만.

“딱히 농락한 적은 없는데요……. 뭐, 오늘은 됐어요. 하지만 언젠가 이 질문에는 답을 들을 거예요!”

“잊어버리기를 기도할게.”

“이건 다른 얘기인데요, 안노랑 상의하고 싶은 게 있어요…….”

“갑자기 뭐야? 나라도 괜찮다면 들어줄게…….”

진지하네, 라며 혹시 몰라 묻자 시노미야는 신묘한 얼굴로 고개를 끄덕였다. 별일이다. 시노미야가 이런 표정으로 내게 부탁하는 건 “저를 찍어 주세요”라고 말했을 때 이후로 처음이다.

“실은 언니 일로…… 대단히 유감스럽고 화가 나지만 안노는 언니와 사이가 좋으니 조언해 줬으면 해요…….”

“표정이 아주 복잡하네. 그보다 아리스 씨와의 일로 내가 할 수 있는 조언이 있을까?”

“……이걸 봐주세요.”

그렇게 말하며 시노미야가 스마트폰을 내밀었다. 시노미야가 아리스 씨에게 보낸 메시지 화면이었다.

“요즘 언니에게 그날 있었던 일을 얘기하고 있어요. 즐거웠던 일, 힘들었던 일 등 여러 가지…….”

그러고 보니 아리스 씨는 집을 나간 뒤 처음으로 시노미야에게 연락이 왔다며 기뻐했지. 시노미야 나름대로 화해하려고 노력해서—— 어라?

“혹시…… 아리스 씨에게 답장이 안 와?”

“……네. 아무리 보내도 무반응이에요. 역시 언니는 저를 싫어하는 걸까요?”

어떻게 생각하세요? 라고 묻는 시노미야의 목소리에 패

기는 없었다. 나는 대답이 궁해졌다. 시노미야에게 연락이 와서 기뻐하던 아리스 씨의 반응으로 추측건대 싫어할 리가 없다. 집에서 마주쳤을 때의 반응도 되짚어 보자면 그건 절대로 말이 안 된다.

“싫어하면 읽지조차 않겠지. 의외로 너무 오랜만이라 연락해도 될지 몰라서 고민하는 거 아닐까?”

이러저러는 사이에 답장할 기회를 놓쳤다, 고 내가 말해봤자 씁쓸한 변명이겠지만 아리스 씨의 속마음을 추리했다.

“도무지 궁금해서 못 참겠다면 내가 아리스 씨한테 슬쩍 물어봐도 되는데…… 어떻게 할까?”

“안노와 언니가 친밀한 건 속이 답답하지만…… 부탁해도 될까요?”

“알았어. 다음에 슬쩍 물어볼게.”

“저도 노력해 보겠지만…… 잘 부탁드려요. 앗, 그렇다고 해서 밀회하는 건 안 됩니다? 단둘이 만나면 안 돼요.”

뺨을 부풀리며 불쑥 얼굴을 들이대는 시노미야. 실은 꽤 오래전 밤에 카페에서 만났다. 그것도 시노미야에 대해 상의하기 위해서. 그 말은 차마 할 수 없었다. 나는 쓴웃음을 지으며 고개를 끄덕였다.

*****

아리스 씨의 읽씹 문제에 진전이 없이 맞이한 주말. 오늘은 시노미야와 쇼핑 데이트 약속을 한 날인데, 나는 아직 이불 속에서 꾸벅꾸벅 졸고 있었다. 스마트폰에 손을 뻗어 시간을 확인하자 아직 9시가 조금 넘은 시간이었다.

"……한숨 더 잘까?"

약속 시간까지 세 시간이나 남은 데다 약속 장소는 이곳. 준비는 어제 미리 해 두었기에 시곗바늘이 한 바퀴 도는 정도는 꿈속에 있어도 문제없을 것이다.

그렇게 생각하고 이불을 다시 덮었을 때 철컥, 하는 금속음이 울리더니 천천히 문이 열리는 소리도 들렸다.

"……기분 탓이겠지."

환청이다. 아무리 오늘을 기대했다지만 이렇게 아침 댓바람부터 시노미야가 집에 올 리가 없다. 소꿉친구 놀이가 하고 싶다며 떼를 썼기에 어쩔 수 없이 스페어키를 줬지만, 아무리 그래도 불법 침입까지는 하지 않겠지. 그렇게 스스로 되뇌며 나는 눈을 감았지만, 이번에는 바닥이 살짝 삐걱거리는 소리가 들렸다. 그리고——.

"아, 안, 노, 오——. 일어났나요——?"

조용히 끼이익 문이 열리고 내 이름을 작게 부르며 시노미야가 방으로 들어왔다. 나는 당황해 이불을 걷어차고 일어났다.

"시, 시노미야?! 뭐야?! 왜 벌써 온 거야?!"

“후훗. 좋은 아침이에요. 안노의 그 놀라는 얼굴이 보고 싶어서 일찍 왔어요.”

데헷, 하고 혀를 내밀며 익살을 부리는 시노미야. 동작마다 귀여운 건 반칙이다. 불법 침입당했는데 이래서야 화낼 마음도 들지 않는다. 머리를 벅벅 긁으며 이불에서 나오려 하자 그렇게는 두지 않겠다며 시노미야가 침대로 뛰어들었다.

“에잇!”

“크헉?!”

시노미야의 체중이 복부에 얹혔다. 게다가 점프해서 중력 가속도도 더해져 위력이 증가하는 바람에 내 입에서 개구리가 밟힌 듯한 목소리가 새어 나왔다.

“에헤헤. 소꿉친구가 집에 오는 시추에이션 하면 이거죠! 자는 소꿉친구 깨우기! 확실하죠!”

“그야 만화 같은 데서는 자주 보긴 하지만…… 유감스럽게도 우리는 소꿉친구가 아니라 그냥 같은 반 친구잖아. 아무리 스페어키를 줬다지만 이렇게 침입할 줄이야…….”

“당연히 써야죠! 기껏 빌려줬는데 쓰지 않는 선택지는 없어요!”

의기양양한 얼굴로 떠드는 시노미야의 모습에 무거운 한숨이 나왔다. 역시 너무 경솔했다.

“하아…… 이미 엎질러진 물이니 됐어. 일단 위에서 내려와 줄래? 시노미야."

나는 평소와 다르지 않게 태연한 얼굴로 말했지만, 속은 그렇지 못했다. 그 이유를 말하기는 솔직히 싫지만, 굳이 말하자면 생리 현상으로 시노미야의 엉덩이가 앉은 주위가 난리 나기 직전이었기 때문이다.

"에이! 안 돼요, 안노. 또 시노미야라고 했잖아요. 단둘이 있을 때는 뭐라고 부른댔죠?!"

그렇게 말하며 시노미야는 내 얼굴 옆에 손을 짚고 몸을 쓰러뜨렸다. 그 자세 때문에 중력으로 눈앞에 쏟아진 두 개의 과실이 출렁 흔들렸다. 그러는 바람에 반응하지 말아야 할 곳이 반응했다.

"부탁이야. 지금 당장 내 위에서 내려가, 리노아."

"참 잘했어요. 하지만 대답은 No예요. 이유는…… 알죠?"

요염하게 미소 지으며 시노미야가 손을 스윽 뻗어 옆에 둔 카메라를 집었다.

"역시 안노예요. 제가 아침에 올 걸 예측하고 카메라를 손 닿는 곳에 두었군요."

"개인적으로는 예상을 배반해줬으면 했어……."

되도록 시야에 시노미야를 두지 않도록 얼굴을 돌리며 대답했다. 이 예상만은 맞히지 않길 바랐다.

"그럼 촬영을 시작할까요!"

"찍는 건 좋지만, 옷 좀 갈아입으면 안 될까? 최소한 세

수만이라도 했으면 좋겠는데……."

"일어나자마자 사진 촬영을 하기는 힘들겠지요. 시간은 많으니 제대로 준비해서 오세요——라고 말할 줄 알았나요?"

달콤하게 녹아내릴 듯하면서도 일단 몸에 스미면 평생 사라지지 않는 독 같은 목소리로 속삭이듯 말하며 시노미야가 몸을 쓰러뜨렸다. 부드러운 두 개의 감촉과 편안한 온기는 최고급 침구 같았다.

이대로 감싸여 잠들 수 있다면 얼마나 행복할까? 하지만 슬프게도 꿀처럼 달콤하면서도 청량한 향수 냄새와 귀에 닿은 뜨거운 숨결 때문에 그것은 이루어지지 않았다. 심지어 각성해서는 안 될 곳이 불끈불끈 융기하려는 것을 온 힘을 다해 억눌렀다.

"이래 봬도 저는 큰 충격을 받았어요. 왜인지 아나요?"

전혀 그렇게 보이지도 않고, 생각할 수도 없었다. 만약 그렇다면 얼마든지 사과할 테니 어서 비켜 줬으면 좋겠다.

내가 수치와 온몸을 천천히 기어다니는 쾌감에 몸을 뒤트는 걸 보고, 상승해서는 안 될 시노미야의 열기가 가속되었다.

"저, 오늘 안노와 데이트하는 걸 기대했어요. 귀엽다는 말을 들을 수 있도록 멋도 부리고요. 그런데……."

시노미야는 이야기하며 천천히 몸을 일으키더니 흡사 여왕님처럼 나를 내려다보았다. 오늘 착장은 하얀색의 넉

넉한 시어 셔츠에 얇은 카디건을 걸치고, 거기에 광택감과 고급감을 겸비한 플레어스커트를 곁들인, 그야말로 청초한 스타일이었다.

하지만 그 입가는 수상하게 일그러졌고, 눈동자는 요염하게 빛났다. 겉모습과 표정이 괴리된 모습은 숨을 삼킬 정도로 아름다워서 마치 신마저도 조종할 사랑의 화신 같았다. 나는 몸을 배배 꼬며 카메라를 손에 들었다.

구령은 필요 없다. 자연스러운 시노미야를 렌즈에 담으며 나는 그저 셔터를 누를 뿐이었다.

"아니면 안노는 저와 하는 데이트가 기대되지 않았나요? 저는 오늘을 위해 승부 속옷까지 입고 왔는데요?"

"승부 속옷? 어떤 걸 입고 왔는데?"

찰칵, 찰칵, 하고 기계음이 울려 퍼졌다. 내 질문의 의도를 알아챈 시노미야가 미소를 흘리며 손을 옷에 댔다.

"보고 싶나요? 오늘을 위해 준비한 비장의 승부 속옷. 밤까지 미뤄 두지 않아도 괜찮겠어요?"

그런 말을 하면서도 시노미야는 툭, 툭, 셔츠 단추를 천천히 풀었다. 훤히 드러난 예술적 데콜테 라인. 시선을 밑으로 내리자 풍만한 과실로 형성된 매혹적인 계곡이 있었고, 힐끗 속옷도 엿보였다.

"안노가 한마디만 해준다면 보여줄게요. 아니면 안노가 보고 싶은 건 위가 아니라——."

가슴을 쓰다듬으며 양손을 스윽 복부로 내렸다. 그 동작은 실로 고혹적이라 내 정서가 흐트러졌다. 목이 바싹바싹 타는 걸 느끼면서도 셔터 버튼에서 손가락을 떼지는 않았다.

"——이쪽인가요?"

시노미야의 손이 치마에 닿았다. 위에 올라탄 자세였기에 아주 살짝 치마를 걷으면 그곳에 있는 보물을 알현할 수 있었다. 그 사실에 뇌가 들끓었다.

"자, 어떻게 할까요? 위인가요? 아래인가요? 보고 싶은 쪽을 보여줄게요, 타쿠미."

"——윽?!?!"

별안간 달콤한 목소리로, 그것도 처음으로 시노미야가 이름을 부르자 내 입에서 이상한 비명이 새어 나왔다. 그렇게 순진한 내 반응을 즐기듯 그녀는 섬섬옥수를 내 배꼽 언저리에 두었다. 손을 살짝 뻗으면 다다를 거리였다.

"단둘이 있을 때는 이름을 부르기로 한 약속, 저만 안 하는 건 이상하지 않나요?"

"리, 리노아도?"

"네. 저도 안노를 이름으로…… 타쿠미라고 부르고 싶어요. 뭐든 할 테니…… 부탁드려요."

"뭐, 뭐든 하겠다니…… 무슨 소리야?"

기대와 수치심에 얼굴을 새빨갛게 물들이는 시노미야.

아아, 렌즈 너머가 아니었다면, 촬영이라는 상황이 아니었다면, 과연 나는 이성을 유지할 수 있었을까?

"타쿠미가 바라는 일이라면 뭐든지요. 원한다면 제 처음을……."

마지막은 뜨거운 숨결과 함께 작은 목소리로 말한 시노미야는 눈을 감고 살며시 얼굴을 들이댔고——.

"자, 스톱!"

"헤엥?!"

카메라가 이마에 닿을 즈음 나는 시노미야의 머리를 손으로 눌러 진행을 막았다. 짧은 시간이기는 했지만 좋은 사진을 많이 찍었다. 내 이미지와 시노미야가 그리는 소꿉친구의 모습에는 괴리가 있는 것도 같지만 그건 그냥 넘어가자.

"정말…… 안노는 못됐어요! 이제부터가 진짜잖아요! 용기를 쥐어 짜내서 둔감한 소꿉친구를 덮치는 구도를 망쳤어요!"

"아슬아슬한 구도를 만들려고 하지 마! 그보다 덮칠 작정이었어?!"

"그렇게까지 해야 알아채는 안노가 잘못이에요!"

뺨을 볼록 부풀리고 고개를 돌린 시노미야. 이게 내 잘못이냐? 부당하기 짝이 없다.

"그래, 알았어. 제가 잘못했습니다. 사과했으니 그만 내려오세요.”

“싫어요! 아까 그 질문에 대답할 때까지 물러나지 않을 거예요.”

무슨 대답인지는 굳이 물을 것까지도 없었다. 깜찍하게 입술을 내밀고 “저, 삐졌어요!”라고 어필하는 시노미야에게 나는 몸을 일으키며 이 여신님이 바라고 있을 대답을 했다.

“리노아 마음대로 불러. 타쿠미든 탓군이든 원하는 대로.”

내가 어색하게 말하자 시노미야의 얼굴이 확 밝아졌다. 그리고 감격했는지 내 목에 양팔을 감고 꽉 안았다.

“네! 그러면 이제부터는 타쿠미라고 부를게요!”

“다, 단둘이 있을 때만 그렇게 부르는 거다?! 절대로 교실에서 부르면 안 된다?!”

“물론이죠! 이건 우리 둘만의 비밀이니까요. 후훗. 또 아무에게도 말할 수 없는 비밀이 생겼네요.”

“그것참 새삼스럽네…….”

쓴웃음을 지으며 어깨를 으쓱였다. 이왕지사 여기까지 왔으니 더 이상 비밀이 늘어난대도 별로 다를 건 없다. 서로 이름을 부르는 정도는 대수롭지 않은 일이다.

“그럼 겸사겸사 비밀을 하나 더 늘릴까요?”

“……뭘?”

“벌써 잊어버렸나요? 뭐든지 하겠다고 했잖아요? 처음

이라도 주겠다고요. 제 처음…… 타쿠미가 빼앗아도 돼요.”

그렇게 말하며 또다시 눈을 감고 입술을 내미는 시노미야. 그 매혹적인 얼굴에 심장이 쿵쾅거렸다. 빨리, 라며 재촉하는 목소리가 머릿속에 울린 것은 틀림없이 환청일 것이다. 하지만 차려 놓은 밥상도 먹지 못하는 건 남자의 수치라는데. 고민하던 사춘기 남자 고등학생이 내린 결론은——.

“무책임하게 저지를 순 없어!”

타악, 하고 머리에 손날을 날리고 시노미야를 허리 위에서도 물린 뒤 침대에서 내려가 도망치는 것이었다. 방에서 아유가 들렸지만, 그것도 분명 기분 탓이리라.

****

예상보다 큰 정신적 피로를 느낀 나와는 대조적으로 콧노래를 부르며 폴짝폴짝 뛸 것처럼 기분 좋은 시노미야와 오늘의 목적지인 쇼핑몰에 왔다.

침대 위에서 시노미야에게 깔린 채 사진을 찍었으니 나로서는 충분하고도 남을 정도로 만족했지만, 오늘의 진짜 목적은 여름을 앞두고 시노미야의 새 수영복을 사는 것이다. 앞으로 한 달만 있으면 고등학생이 된 뒤로 두 번째이자 추억 만들기에 최선을 다할 수 있는 마지막 장기 휴일이 찾아온다. 3학년이 되면 수험 공부 때문에 그럴 수 없으니, 되도록 올해에 만끽해야 한다.

“타쿠미! 이 셔츠 귀엽지 않나요?!”

“……응. 귀엽네.”

시노미야가 활짝 웃으며 들어 올린 것은 국민적 인기를 자랑하는 쥐 캐릭터가 그려진 티셔츠였다. 심플한 디자인이기는 하지만 시노미야가 입으면 잘 어울릴 것이다. 시노미야에게 어울리지 않는 옷이 있을지 의문이지만.

“이것과 조합한다면…… 역시 긴 타이트 팬츠일까요? 앗, 하지만 타쿠미는 핫팬츠가 더 좋을까요?”

“멋대로 의견을 날조하지 마. 나도 긴 바지에 한 표야.”

하지만 핫팬츠를 입은 시노미야도 보고 싶다고 마음속으로 중얼거렸다. 전에 아리스 씨가 잡지에서 입었다는 화려한 ——말하자면 갸루 스타일의—— 옷을 입었지만 그건 청초한 공주님 같은 평소 모습과 간극이 커서 아주 좋았다. 사진을 찍지 못한 것이 아쉬웠다.

“참! 이왕이면 커플 셔츠를 살까요?! 그걸 입고 놀이공원에 놀러 가요!”

“……정중히 사양하겠습니다.”

“왜요?! 좋잖아요! 해요! 커플 코디가 소원이었단 말이에요!”

“지금도 매일 하고 있잖아. 교복으로.”

"사 · 복! 으로 하고 싶다고요!"

공주님답지 않게 뺨을 부풀리고 불만스러운 얼굴로 발을 동동 구르며 항의하는 시노미야. 사복을 맞춰 입었다가는 정말로 시노미야와 '사귄다'고 착각할 것 같다. 게다가 만에 하나, 함께 있을 때 누군가——특히 유즈하 씨나 아리스 씨——와 만난다면 그 순간에 죽음이다.

"알겠어요. 그럼 같은 날 입지 않아도 되니 사기만 해요."

"우연히 배팅이 일어날 순간이 무서운데……. 뭐, 리노아가 꼭 그래야겠다면 좋아."

그냥 똑같은 옷을 갖고 있을 뿐이다. 입지 않고 서랍장에 넣어두면 우려할 일도 없다. 그보다 시노미야의 수영복을 사러 왔을 터인데 왜 커플 의상을 사게 된 걸까? 이곳에 오기 전에 서점에도 들렀는데.

"신난다! 그럼 사 와요! 그다음에 옷을 갈아입을까요?!"

기뻐서 폴짝폴짝 뛸 때마다 출렁출렁 흔들리는 과실에 시선이 고정될 것 같았지만 필사적으로 참으며 동시에 옆눈으로 힐끔힐끔 시노미야의 흉부를 훔쳐보는 주위 남성 손님을 위협도 했다.

"갈아입으면 결국 커플티랑 다를 게 없잖아. 나는 여기서 기다리고 있을 테니 얼른 다녀와."

"에엥! 타쿠미도 같이 따라와야죠! 혼자서는 불안하고 쓸쓸해요!"

내 팔을 잡고 떼를 쓰는 아이처럼 붕붕 흔드는 시노미야. 넓은 매장 안이라지만 이런 짓은 눈에 띄니 하지 말았으면 좋겠다.

“계산대에 가서 계산만 하면 되잖아. 굳이 같이 가지 않아도…….”

“……제가 헌팅당해도 괜찮나요?”

“같이 가자.”

순식간에 굴복했다. 눈을 치뜨고 촉촉한 눈동자와 겁먹은 듯한 얼굴로 쳐다보는 걸 내칠 수 있을 만큼 나는 매정한 악마가 아니다.

“이다음은 기다리고 기다리던 수영복 고르기네요! 어떤 수영복을 입히고 싶은지 생각해 두세요, 타쿠미!”

“잠깐, 나더러 고르라고?! 자기가 입고 싶은 수영복을 골라야지!”

“타쿠미가 어떤 취향……이 아니라 어떤 수영복을 좋아하는지 빨리 듣고 싶네요.”

“사람이 말을 하면 들어. 그리고 감출 생각도 없으면서 말만 바꾼들 무슨 소용이야?”

내가 딴죽을 걸자 시노미야는 우후훗, 하고 웃으며 내 팔을 꽉 안더니 계산대로 총총 향했다. 나는 넘어지지 않도록 황급히 발을 움직였다. 나 좀 봐줘라, 라고 마음속으로 불평을 쏟아내며 시노미야에게 어울릴 법한 수영복을 머릿속으로 생각했다.

열심히 생각했지만, 여성 수영복에 관한 지식은 『이모션』에서 파는 경영 수영복을 비롯한 섹시한 종류밖에 떠오르지 않았다. 이 사실을 깨달았을 때는 이미 색색의 다양한 수영복에 둘러싸여 있었다.

"생각보다 종류가 다양하네요! 타쿠미, 어떤 게 좋을까요?"

반짝반짝 눈을 빛내는 시노미야. 매장 내에 있는 손님은 모두 여성이었고 남성은 나 말고는 보이지 않았다. 현기증과 불편함에 급격히 지쳐갔다.

"……나는 밖에서 기다릴게. 오래 걸려도 괜찮으니까, 리노아가 '이거다' 싶은 걸 골라."

"그건 안 돼요! 제가 취향보다 타쿠미의 취향으로 고르고 싶어요. 그러니 잔말 말고 가요!"

"제발! 나 좀 봐주라!"

팔을 꽉 잡혀 반강제로 시노미야에게 연행되었다. 말이 수영복이지, 속옷이랑 다를 게 뭐란 말인가? 어차피 구조는 서로 비슷하지 않은가.

"자, 타쿠미의 취향을 알려주세요. 어떤 것이든 받아들일 테니 부끄러워하지 않아도 돼요."

"이게 무슨 수치 플레이냐…… 하아."

무거운 한숨을 내쉬며, 더는 도망칠 수 없다며 포기하고 나는 시노미야와 함께 매장을 돌아다녔다.

“역시 비키니는 귀엽네요. 원피스도 좋고, 캐미솔 같은 것도 나쁘지 않아요.”

“……새삼 느끼지만, 종류가 참 다양하네.”

두말할 나위도 없지만, 여성 수영복을 이렇게 빤히 보며 고를 기회는 내 인생에서 처음 있는 경험이었다.

“의외네요. 타쿠미는 유즈하 씨의 일로 수영복도 고른 경험이 있을 줄 알았는데요.”

“공교롭게도 의상 선택은 전부 유즈하 씨가 주도하거든.”

이건 의상에 한정된 이야기는 아니다. 어떤 테마나 시추에이션이 좋은지, 어떤 캐릭터의 코스프레를 할지는 모두 유즈하 씨가 결정하고, 내게 조언을 구하는 일은 있어도 내가 제안하는 일은 없다.

사무소 소속 코스플레이어라면 몰라도, 보통은 자기가 되고 싶고 연기하고 싶은 캐릭터로 변신하는 것이 코스프레의 묘미다. 제삼자의 의견이 개입할 여지는 없다.

시노미야의 경우는 익숙하지 않아서 이런저런 의상이나 시추에이션을 내가 제안하는 것뿐이지, 앞으로도 계속하다 보면 언젠가 스스로 정하는 날이 올 거다. 요컨대 지금의 나는 자전거의 보조 바퀴인 셈이다.

그날이 오면 좋을까, 아니면 섭섭할까? 어떤 감정을 품게 될까? 그런 생각을 하며 나는 V넥의 꽃무늬 스커트 원피스 수영복을 손에 들었다.

“그렇군요……. 타쿠미는 이런 타입을 좋아하는군요.”

“네네, 그렇습니다. 리노아 씨가 입으면 분명 잘 어울릴 겁니다. 무슨 불만이라도 있으십니까?”

“아니요. 불만 없어요. 타쿠미가 열심히 골라줘서 기뻐요! 그럼 시착하고 패션쇼를── 앗!”

“응? 왜 그래?”

갑자기 놀란 목소리를 내는 시노미야. 무슨 일인가 하고 돌아보자 시선 끝에는 시노미야의 언니인 아리스 씨와 조금 전에 이름이 나왔던 유즈하 씨가 있었다. 게다가 담소를 나누며 이쪽으로 걸어왔다. 불행 중 다행은 두 사람이 아직 이쪽을 알아채지 못한 듯하다는 점이었다.

호랑이도 제 말 하면 온다더니, 옛말 중에 틀린 말은 하나도 없다. 하지만 우연이든 뭐든 이 일은 신께 클레임을 걸어도 벌은 받지 않을 것이다.

“타쿠미, 이쪽으로 와요!”

“잠깐, 야?!?!”

갑자기 시노미야에게 팔을 잡혀 매장을 달린 끝에 탈의실 안으로 떠밀려 들어갔다.

“아니, 잠깐?! 아무리 그래도 이건……?!”

“조용히 하세요!”

날카로운 목소리로 말하며 커튼을 닫는 시노미야. 좁은 공간 안에서 나와 시노미야는 몸을 바짝 댔다. 실크 같은 머리카락, 부드러운 살갗, 달콤하고 상쾌한 향기에 뇌가 마비되었다. 더구나 많은 사람으로 북적이는 매장 안의 격리된 공간에 갇혔다는 부도덕한 상황에 심박수가 상승해 이성이 파괴되려 했다. 이에 비하면 오늘 아침에 내 위에 올라탄 일은 깜찍한 것이었다.

"리, 리노아, 아무리 그래도 이건 아닌 것 같은데……."

"그건 그럴지도 모르지만 어쩔 수 없는 일이에요. 언니나 유즈하 씨에게 들키는 것보다는 훨씬 나아요!"

"그야 물론 그렇지만……."

애초에 유즈하 씨와 아리스 씨를 봤을 때는 둘 다 아직 아슬아슬하게 매장 밖이었다. 여기에 용무가 있는지 어떤지도 모르는데 이렇게 숨을 필요는 없었다. 하지만 지금은 어떻게 되었을지 모르기에 이 타이밍에 서둘러 밖으로 나가는 건 오히려 위험한 것도 같았다.

"시간이 아까우니 입어 볼까요?"

"뭐?! 아니, 아무리 그래도 그건──!"

위험하지, 라고 내가 말하기도 전에 시노미야는 치마에 손을 대더니 주저 없이 내렸다. 믿을 수 없었다. 왜 아래부터냐고 마음속으로 절규하며 나는 황급히 눈을 꼭 감고 등을 돌렸다. 그런 나의 배려는 신경도 쓰지 않고 시노미야는 옷을 벗었다.

스륵스륵 옷이 스치는 소리. 툭, 툭, 단추를 푸는 소리. 툭 하고 옷이 바닥에 떨어지는 소리. 눈을 감고 시각 정보가 들어오지 않도록 한 만큼 청각과 촉각이 예민해졌으리라. 보지 않아도 시노미야가 지금 어떤 상태인지 눈꺼풀 안쪽에 쉽사리 상상되어 평소보다 더 흥분되었다.

"눈 떠도 돼요, 타쿠미."

얼마나 기다렸을까? 영원과도 같은 시간이 드디어 끝났다. 하지만 진정하기에는 아직 이르다. 시노미야의 성격으로 볼 때 나를 놀래기 위해 실은 아직 갈아입는 중일 가능성도 있다. 그렇게 생각한 나는 실눈을 뜨고 돌아보았다.

"어, 어떤가요…… 타쿠미?"

잘 어울리나요, 라고 불안하게 묻는 시노미야의 목소리를 듣고 나는 그제야 경계심을 풀고 제대로 눈을 떴다.

"으, 응. 아주 잘 어울려."

맑고 푸른 하늘을 연상시키는 천에 피어난 귀여운 꽃들. 얼핏 보면 청초하지만 크게 V자로 가슴이 파여 골짜기가 노출되었기에 섹시함이 잔뜩 풍겼다. 사랑스러움과 섹시함이 공존해 일순 뇌를 멎게 하는 수영복이었다. 내 눈은 틀리지 않았다.

"참. 이왕이면 사진을 찍어 줄래요?"

"지금은 카메라가 없어. 그리고 애초에 여기서 촬영하는 건 좀…….”

찍고 싶은 마음은 산더미 같지만 탈의실에서 촬영은 매너 위반이다. 할 거면 집에 돌아간 다음에 해야 한다. 그래야 더 다양한 각도에서 수영복을 입은 시노미야를 찍을 수 있다. 그 구도를 상상하기만 해도 내 텐션은 급상승했다. 밑에서 올려다보는 구도로 전신을 촬영하고 싶다.

“후훗. 얼굴이 빨개졌어요, 타쿠미.”

“뭐어?! 왜, 왜 그러지?!”

갑자기 찰싹 달라붙은 시노미야 때문에 목소리가 뒤집어졌다. 물컹하게 닿는 부드러운 감촉. 숨결이 귀에 닿을 정도로 근거리에 얼굴이 있었다. 더구나 좁은 밀실이라 후텁지근한 바람에 시노미야의 몸이 서서히 달아오르고 있는 것을 알 수 있었다. 이 정보들이 한 번에 흘러들어 입에서 심장이 튀어나올 것 같았다.

“타쿠미가 고른 수영복이니 부끄러워하지 말고 똑바로 봐요. 아니면 카메라가 없으면 저를 봐주지 않는 건가요?”

“아니, 그건…… 아니, 지만…….”

“그러면 할 수 있죠?”

“으, 응, 알았── 우왓?!”

고개를 끄덕이고 조금 시선을 내린 순간에 시노미야의 매혹적인 협곡이 시야에 들어왔고 나는 동요해 단차에서 발을 헛디뎌 탈의실에서 넘어졌다.

"아야야—— 앗."
"응……? 타쿠미?"
"어라, 탓군?"
부딪친 엉덩이를 문지르며 얼굴을 들자 두 여성과 눈이 딱 마주쳤다. 최악이다. 다른 말은 떠오르지 않았다.
"타쿠미, 괜찮……아, 요?"
그리고 꼭 안 좋은 일은 한 번 일어나면 줄을 잇는 법이다. 걱정하는 모습으로 시노미야가 커튼 너머 얼굴을 엿보였다. 소란이 그치고 시간이 멈춘 듯한 감각. 나는 다시 하늘을 올려다보며 신을 진심으로 원망했다.
"리, 리노아, 그 수영복——."
"어, 언니……."
동요하는 시노미야. 당연히 그럴 테지. 우리 앞에 나타난 것은 조금 전 가게 밖에서 발견했던 유즈하 씨와 아리스 씨였다. 웃기지 마, 이렇게 정성스러운 플래그 회수라니!
"——진짜 귀엽다! 직접 골랐어?! 아니면 혹시 탓군이 골라 줬어?!"
눈을 반짝반짝 빛내며 시노미야에게 다가가는 아리스 씨. 하지만 혼란에 빠진 시노미야는 도망치듯 탈의실로 돌아가 재빨리 커튼을 샥 닫았다. 마치 집사에게서 도망치는 고양이 같아서 귀여웠다.
"얘, 타쿠미. 리노아랑 무슨 일이 있었는지 설명해 줄래?"

시노미야 자매의 모습을 더 보고 싶었지만, 그렇게는 안 된다는 듯 활짝 웃으며 우뚝 선 유즈하 씨 덕에 현실로 끌려 나왔다.

얼굴은 웃고 있는데 관자놀이에 힘줄이 선 엄청난 모순은 공포에 지나지 않았다. 하지만 여기서 섣불리 변명했다가는 언 발에 오줌 누기 수준을 넘어 기름이 든 캔을 불에 던지는 격일지도 모르기에 신중하게 말을 골랐다.

"진정하세요, 유즈하 씨. 큰 소리를 내면 주위 사람에게 피해를 줄 거예요."

"나는 지극히 냉정하거든? 오히려 왜 타쿠미는 그렇게 당황한 걸까?"

담담하게 추궁하는 유즈하 씨 때문에 식은땀이 뻘뻘 났다. 이래서야 혼나는 게 백배 낫겠다고 생각할 정도로 지독하게 섬뜩한 공포를 느꼈다.

"설마하니 그 안에서 리노아랑 이상한 짓을 한 건가? 어때? 빨리 설명해."

불쑥 얼굴을 들이대는 유즈하 씨. 나는 필사적으로 머리를 굴렸지만 그럴싸한 변명이 전혀 떠오르지 않았다. 아무리 알아듣게 설명한대도 객관적으로 보기에 건전하지 않다는 것은 명백했다. 그것은 내가 제일 잘 알고 있다.

"잠깐, 유키. 이것저것 묻고 싶은 마음은 이해하지만 지금은 탓군 말대로 진정하자!"

보다 못한 아리스 씨가 나를 감싸듯 끼어들었다. 그 모습을 커튼 틈으로 시노미야가 엿보고 있었다.

“난 진정한 상태야, 아리스. 타쿠미랑 똑같은 소릴 하지 마.”

“아니요, 엄청 화난 거죠? 잘 들으세요. 이런 기회는 좀처럼 없어요.”

“기회? 아리스, 대체 무슨 소릴 하는 거야?”

“리노아가 수영복을 시착하는 곳에 탓군이 있다. 즉, 여기서 도출할 수 있는 결론은 하나! 바로 탓군이 리노아의 수영복을 고르고 있었던 거지?”

그렇게 말하며 눈짓하는 아리스 씨에게 나는 고개를 끄덕였다. 눈이 휘둥그레지는 모습에서도 알 수 있듯이 유즈하 씨가 평소처럼 냉정했다면 내가 아무 말 하지 않아도 이 대답에 이르렀을 것이다.

“결국 제가 하고 싶은 말은, 이 기회에 우리도 탓군에게 수영복을 골라달라고 하자는 거예요!”

“……아리스, 넌 정말 이따금 쓸 만한 말을 하는구나.”

유즈하 씨에게 칭찬받아——라고 말해도 될지는 미묘하지만—— 아리스 씨는 기쁜 듯 살며시 미소 지었다. 나로서는 그냥 좀 넘어가 줬으면 좋겠지만, 당연히 도망칠 수 있을 리 없었다.

“타쿠미, 그러면 되겠지? 설마…… 거절하지 않을 거지?”

"……살살 부탁드립니다."

미녀가 웃으며 압박하는데 고개를 끄덕이는 이외의 선택지를 고를 남자가 있을까? 아니, 없다. 나는 깊은 한숨을 내쉬며 떨떠름하게 고개를 끄덕였다.

"그러니 리노아. 잠시 탓군을 빌릴게!"

"……안 돼요."

아리스 씨의 선언을 부정하며 수영복에서 사복으로 갈아입은 시노미야가 커튼을 열고 나왔다. 게다가 불만스레 뺨을 부풀린 얼굴로.

"저의 타쿠…… 아니! 제 눈이 닿지 않는 곳에서 안노와 언니를 함께 둘 수는 없어요. 저도 따라갈래요."

"그래! 리노아도 탓군이랑 같이 있고 싶구나! 유키, 괜찮죠?"

"오히려 우리가 리노아에게 부탁하는 입장이겠지. 미안해, 리노아. 잠시 괜찮을까?"

"네. 유즈하 씨의 부탁이라면."

"있지, 있지, 탓군. 리노아가 나랑 유키를 대하는 게 하늘과 땅 차이지? 북풍과 태양 정도로 다르지 않아?"

옆구리를 쿡쿡 찌르며 작은 목소리로 아리스 씨가 말했다. 시노미야를 대하는 데 차이가 있는 건 당연하지만, 그걸 솔직히 말하면 또 성가셔질 것 같기에 나는 어깨를 으쓱이며,

"글쎄요. 제 눈엔 별 차이 없는 것 같은데요. 아리스 씨의 기분 탓이겠죠."

"아니야! 탓군은 눈이 장식이야?! 아무리 봐도 내게는 냉담하잖아!"

"……언니, 제게 불만이 있으면 안노가 아니라 제게 직접 말해요."

유즈하 씨에게 뒤지지 않는 분노 위에 미소를 장착한 시노미야가 어느샌가 다가왔기에 나와 아리스 씨는 깜짝 놀라 무심결에 뒷걸음질 쳤다.

"저, 저기…… 고객님. 다른 고객님께 피해가 되니 조금 조용히 해주시겠습니까……?"

당연하다는 듯 떠들었지만 이곳은 매장 안이다. 점원에게 주의받은 우리는 황급히 머리를 숙였다. 그리고.

"하아…… 잡담은 이쯤 하고. 리노아의 마음이 바뀌기 전에 얼른 타쿠미한테 골라달라고 하자, 아리스."

"네, 네에! 알겠어요!"

어깨를 으쓱이며 고개를 절레절레 젓는 유즈하 씨는 걸어가기 시작했고, 아리스 씨도 열외되지 않도록 서둘러 뛰어가 두 사람은 나란히 매장 안으로 되돌아갔다. 그 뒷모습을 놓치기 전에 나와 시노미야도 걸어갔다.

"하아…… 죄송해요, 안노. 언니가 이상한 소리를 하는 바람에 일이 이렇게 됐네요."

"시노미야가 사과할 일이 아니야. 운과 타이밍이 안 좋았을 뿐이야."

내가 넘어지지 않았다면 이런 일은 없었을 테고, 같이 탈의실 안에 들어가지 않고 나만 도망쳤다면, 등등 이런저런 생각을 해 봤자 이미 늦은 일이다. 현실을 받아들일 수밖에 없었다.

"유즈하 씨는 그렇다 쳐도, 하필이면 언니에게 들키다니……."

"불편하면 매장 밖에서── 아니, 잠깐만. 그건 안 돼. 미안하지만 여기 있어."

"왜요?"

황급히 정반대의 말을 하는 내게 고개를 갸웃거리는 시노미야. 오늘은 휴일이다. 손님이 많은 가운데 시노미야 같은 미인을 혼자 가게 앞에 세워 뒀다가는 작년 같은 일이 일어날지도 모른다. 그것만은 피해야 한다.

"시노미야가 혼자 멍하니 매장 앞에 서 있으면 이상한 놈들이 모여들지도 몰라. 그러니까 내가──."

"후훗. 알겠어요. 안노 옆에서 떨어지지 않을게요. 어차피 떨어질 생각도 없으니 안심하세요."

미소와 함께 말하며 시노미야는 내 옆에 나란히 섰다. 어깨가 닿을 듯 가까운 거리. 만약 가까이에 유즈하 씨와 아리스 씨가 없었다면 손을 잡는 걸 넘어 팔짱을 꼈을 것이다.

"잠깐, 타쿠미——?! 리노아랑만 대화하지 말고 빨리 이쪽으로 와——!"

"이대로 느긋하게 굴다가는 유즈하 씨가 화낼 거예요."

"하아…… 귀찮지만 그렇게 되기 전에 갈까?"

시노미야와 얼굴을 마주 보며 쓴웃음을 지은 뒤 유즈하 씨와 아리스 씨에게 다가갔지만, 솔직히 내 기분은 찝찝했다. 이곳에 아라타가 있었다면 "배부른 소리를 하는구나!"라며 격노했겠지만, 세 미녀에게 둘러싸여 수영복 매장을 걷는 일은 솔직히 괴로웠다.

"타쿠미가 리노아한테는 어떤 수영복을 골라 줬어?"

"꽃무늬 원피스요. 저는 고를 일이 없는 디자인이라 조금 깜짝 놀랐지만 입어 보니 정말 귀여웠어요."

"저래 봬도 타쿠미는 센스가 좋으니까. 내게는 어떤 수영복을 골라 줄지 기대된다."

"유즈하 씨의 수영복 차림을 빨리 보고 싶어요!"

화기애애하게 떠들며 매장 안을 배회하는 유즈하 씨와 시노미야. 엄청난 압박에 구역감을 느끼며 유즈하 씨에게 어울릴 만한 수영복을 찾았다.

"있지, 있지, 탓군. 궁금한 게 있는데 물어봐도 될까?"

"……뭔데요?"

시노미야에게는 귀여운 노선을 기준으로 골랐지만, 유

즈하 씨는 어른의 섹시함을 전면에 내세우는 디자인이 좋을 것이다. 반대로 유치한 것을 입는 것도 불만하겠지만, 그건 굳이 따지자면 아리스 씨의 역할일 것이다.

"리노아는 요즘 어때?"

"어떠냐니……. 딱히 특별한 변화는 없어요. 하복으로 바뀌어서 남자들이 시노미야의 브래지어가 비칠지도 모른다고 들뜰 정도로는 인기인이에요."

"리, 리노아의 브래지어?! 그런 괘씸한……! 나도 본 적이 없는데! 탓군, 그건 반드시 저지해야 한다?!"

어깨를 꽉 잡고 격렬하게 흔드는 아리스 씨. 머리와 뇌가 흔들려 시야가 블랙아웃되려 했다.

"내가 묻고 싶은 건 그런 얘기가 아니야! 학교에서 리노아가 어떤 모습인지 궁금해!"

"아니, 그러니까 왜 제게 물으시는데요? 그렇게 시노미야가 궁금하면 직접 물어보면 되잖아요. 그보다…… 시노미야한테 매일 연락을 받고 있으니 무슨 일이 있었는지는 잘 알고 있지 않나요?"

"……우, 움찔?!"

있는 힘껏 눈을 돌리는 아리스 씨. 요즘은 초등학생도 그렇게 뻔한 반응은 안 하겠다. 마침 좋은 기회다. 시노미야의 의뢰를 수행하도록 할까?

"연락에 답은 안 했죠? 아무리 그래도 무시하는 건 좋지 않아요."

"어, 어떻게 탓군이 그걸……?! 서, 설마 리노아가 상담한 거야?!"

경악하는 아리스 씨에게 나는 한숨을 쉬며 계속 수영복을 골랐다. 무늬가 있어도 좋지만 지금은 심플하게 민무늬로 하자. 색깔은 금발이 돋보이는 검은색이 좋으려나? 밤하늘에 떠오른 달을 이미지로 하는 거다.

"맞아요. 시노미야가 슬퍼했어요. 자기를 싫어하는 거 아니냐면서. 무시하다니 너무해요."

"무, 무시한 게…… 아니야."

입술을 삐죽 내밀며 중얼거리는 아리스 씨. 장난을 들켜서 혼날까 봐 겁먹은 어린애 같아서 귀여웠다. 이대로 계속하다가는 위험한 문을 열 것만 같았기에 고개를 저으며 잡념을 떨쳐냈다.

"리노아한테 연락이 오는 게 너무 기뻐서…… 뭐라고 답장을 보내면 좋을지 고민하다 보니 다음 날이 됐고…… 그랬더니 또 연락이 왔고…… 그래서……."

"답장 없이 다 무시한 게 됐다?"

"네, 맞습니다……."

어깨를 축 늘어뜨린 아리스 씨. 사랑에 빠진 사춘기 소녀도 아니고, 답장 정도는 가볍게 보내면 되잖아. 심지어 상대는 여동생이니까. 말이 어려우면 이모티콘도 괜찮다.

반응을 해주는 것만으로도 읽었다는 뜻이 전해질 것이다.

말은 쉽지만 잔뜩 쌓인 응어리가 봄눈 녹듯 녹는다면 누가 고생하랴. 특히 아리스 씨는 동생을 괴롭게 했다는 죄책감이 있다. 그러니 신중하게 말을 고르는 건 어쩔 수 없다. 물론 읽씹을 이어가는 건 좀 아니라고 생각하지만.

"화해하고 싶다면 아리스 씨도 노력해야 해요. 시노미야도 기다리고 있을 거예요. 언니에게 답장이 오기를 말이에요."

"……정말로 기다릴까?"

눈동자를 적신 채 불안한 얼굴로 바라보는 아리스 씨. 평소의 천진난만함은 자취를 감추고 연약한 모습을 보이자 보호 본능이 솟구쳤다. 이건 내가 아니라 시노미야에게 보여줘야 한다.

"괜찮아요. 그건 제가 보증해요. 그보다 기껏 수영복을 사러 왔으니 커플 수영복을 제안해 보는 건 어떨까요? 제가 시노미야를 위해 고른 수영복은 다른 색깔도 있거든요."

"나이스 아이디어야, 탓군! 천재! 꽃미남! 사랑해! 리노아! 언니랑 커플 수영복으로 사자!"

물 만난 물고기처럼 시노미야에게 돌격하는 아리스 씨. 가벼운 마음으로 제안한 건 실수였을지도 모른다. 갑작스러운 일에 시노미야도 당황하며 온 힘을 다해 거절하고 있지만, 한 번 밟은 액셀러레이터는 상대가 꺾일 때까지 발을 떼지 않는 것이 아리스 씨다.

"뭐 어때, 좋잖아! 언니랑 똑같은 수영복을 입자!"

"절대로 싫어요! 안노가 저를 위해 골라 준 수영복인데 왜 언니도 그걸 입어야 하는데요?! 그보다 언니를 위해 안노가 수영복을 고르는 것도 사실은 반대하고 싶거든요?!"

그리고 시노미야도 아리스 씨가 상대라면 페이스가 흐트러져 감정적으로 변하는 경향이 있다. 하지만 이것은 싸움이라기보다 고양이들의 장난에 가깝다.

"설마 리노아, 나는 안 되고 유키는 된다는 건 아니겠지?"

"그, 그건…… 좋냐 나쁘냐를 따지자면 안 된다기보다 좋은…… 앗, 무슨 말을 하게 하는 거예요?!"

"후훗. 사랑받는구나, 타쿠미."

씩 웃으며 옆구리를 팔꿈치로 찌르는 유즈하 씨.

"……놀리지 마세요, 유즈하 씨."

나는 어깨를 움츠리며 그녀를 위해 적당히 고른 수영복을 건넸다.

"정말 골라 줬구나. 고마워, 타쿠미."

"아리스 씨 것도 찾아올게요. 저 두 사람을 맡겨도 될까요?"

"타쿠미의 그런 성실한 점이 좋아. 시노미야 자매는 내게 맡기고 얼른 다녀와."

유즈하 씨에게 가련한 윙크를 받으며 나는 서둘러 아리

스 씨에게 어울릴 만한 수영복을 찾으러 갔다. 내가 말해 놓고 미안하지만, 커플 수영복을 사기에는 아직 거리가 멀다.

그리고 이런 건 수영복이 아니라 아까 산 티셔츠 같은 게 좋을 것 같았다. 그런 말을 하면 아리스 씨는 기꺼이 구매할 것 같으니 절대로 하지 않을 거지만.

"하아…… 이게 뭔 일이람."

시노미야 자매의 화해의 길은 아직 어렵기만 하다. 뭔가 좋은 방법은 없을지 고민하며 나는 아리스 씨의 수영복을 골랐다.

*****

유즈하 씨와 아리스 씨의 수영복을 골라 탈의실로 돌아온 뒤 두 사람이 갈아입기를 기다리는 동안. 옆에 있는 시노미야는 뺨을 부풀리고 온몸으로 "저, 불만이에요"라고 말하는 듯한 분위기를 풍겼다.

"저기…… 왜 화가 났을까, 시노미야?"

"딱히 화난 거 아닌데요? 제가 화난 것처럼 보이는 건 타쿠미가 저를 화나게 했다는 자각이 있기 때문 아닐까요?"

아름다운 장미에는 가시가 있다고 하지만, 지금의 시노미야는 장미 수준이 아니라 몸을 동그랗게 말고 위협하는 고슴도치처럼 까칠했다. 부주의하게 손을 뻗었다가는 순식간에 벌집이 될 위압감마저 느껴졌다.

"기껏 타쿠미랑 쇼핑 데이트를 하는데 난입한 건 그렇다 쳐요. 수영복을 골라 주는 것도 용서해 줄게요. 하지만! 언니에게 저와 커플 수영복을 제안한 건 용서 못 해요!"

"……미안해. 그건 정말 반성하고 있어."

"우리 둘의 커플템은 거부했으면서 제게는 언니와 커플템을 유도하다니…… 타쿠미는 너무해요."

"입이 열 개라도 할 말이 없습니다."

"오늘 일을 만회하세요. 그러면 오늘 일은 없던——."

"——오래 기다렸지, 타쿠미."

"오래 기다렸지, 탓군, 리노아!"

기껏 없던 일이 될 판인데 기가 막힌 타이밍에 커튼이 열리며 수영복으로 갈아입은 두 사람이 나왔다.

"후훗. 설마 타쿠미가 내게 이런 수영복을 바랄 줄이야. 너무 공격적이지 않아?"

그 말과 정반대로 유즈하 씨는 어딘가 자랑스럽게 웃고 있었다.

내가 유즈하 씨를 위해 고른 것은 가슴의 고리가 포인트인 홀터넥 비키니. 아래는 하이웨스트라 안 그래도 각선미가 돋보이는 유즈하 씨의 스타일을 더욱 빛내 주었다. 차분한 검은색과 심플한 디자인이 풍기는 색향은 틀림없이 극상이었다.

“어때, 타쿠미? 네가 골라 준 수영복을 입은 날 본 감상은. 잘 어울려?”

“그야 뭐…… 아주 잘 어울려요. 그걸 입고 바다에 가면 시선을 독점할 수 있지 않을까요?”

내가 내 안목이 틀리지 않았다고 자화자찬하는데 옆에 있던 시노미야는 눈을 가늘게 뜨고 노려보았다.

“타쿠미는 선수가 분명해요.”

시노미야가 툭 내뱉었지만 나는 못 들은 척했다. 카메라맨을 하다 보면 칭찬하는 데 거부감이 없어진다.

“시선을 독점하다니……. 아무리 그래도 너무 과한 거 아니야? 뭐, 기분은 좋지만. 고마워, 타쿠미.”

그렇게 말하며 빙긋 웃는 유즈하 씨의 가련함과 눈부심에 숨 쉬는 것도 잊을 정도로 매료되었다. 안 된다는 걸 알면서도 카메라가 있었다면 셔터를 누르고 싶었다.

“저기, 리노아! 탓군이 골라 준 수영복을 입어 봤는데 어때? 귀엽지?!”

“………귀여운 것 같은데요?”

“엄청 떨떠름한 얼굴인 데다 의문형으로 말하지 말아 줄래, 리노아!”

시노미야가 냉담하게 대하자 충격을 받은 아리스 씨가 입고 있는 것은 치마 달린 플레어 비키니. 가슴의 풍성한

플레어가 귀여워서 아리스 씨가 가진 소녀다움이 돋보였다. 사랑하는 동생과 커플 수영복을 원했지만 단호히 거절당한 것이 조금 가여웠기에 색깔은 다르지만 꽃무늬만은 같은 걸로 골라 주었다.

"으아아앙…… 리노아가 괴롭혀, 탓군!"

"안노에게 울며 매달리지 마세요!"

으르렁거리는 시노미야 자매의 모습에 나와 유즈하 씨는 어깨를 으쓱이며 얼굴을 마주 보았다. 싸울 정도로 사이가 좋다고 해야겠지? 한쪽은 답장이 오지 않는 데 마음을 졸이고, 한쪽은 너무 기쁜 나머지 어떻게 답장을 보내면 좋을지 모를 정도이니 응어리가 있다고는 생각할 수 없었다.

"좋은 생각이 났어! 있지, 탓군! 여름방학에 넷이 바다나 수영장에 가자! 촬영도 겸해서 자고 오는 거야!"

"뭐든 멋대로 정하지 마, 언니!"

아리스 씨의 제안에 시노미야가 즉각 덤벼들었다. 나와 유즈하 씨는 다만 쓴웃음을 지을 따름이었다.

"나도 그건 패스야. 사람이 많은 건 딱 질색이거든."

"저도 그래요. 집돌이라 무더위는 좀 힘들어요."

"뭐어어어?! 둘 다 매년 여름과 겨울에 엄청 큰 이벤트에 참가하면서 무슨 말을 하는 거야?!"

지당한 말이기는 하지만 코미케와 바다나 수영장은 둘

다 사람이 많다는 공통점이 있긴 해도 전혀 별개다. 이목을 받는다는 것도 공통점이지만, 그 시선에 담긴 감정에는 상당한 차이가 있다.

내가 유즈하 씨와 참가하는 이벤트에서는 그런 눈길을 전혀 받지 않는다면 거짓말이지만, 바다나 수영장은 비할 바가 아닐 것이다.

“그 얘긴 다음에 다시 해요. 그런데 시노미야, 수영복은 어떻게 할래? 살 거야?”

굳이 두 사람에게는 말하지 않고 시노미야에게 물었다. 유즈하 씨와 아리스 씨의 수영복을 고르는 사이에도 내내 손에 들고만 있을 뿐 사러 갈 낌새가 없었다.

“저기…… 어떻게 할지 고민 중이에요. 뭐랄까, 제게는 너무 귀여운 것 같아서요…….”

“아니야. 아까도 말했지만 잘 어울리고 정말 귀여웠어.”

절대로 내가 고른 수영복을 사길 바라서 칭찬하는 게 아니다. 그렇다고 해서 빈말을 하는 것도 아니다.

“으으…… 창피해요, 안노. 유즈하 씨나 언니가 있는 앞에서 직접적으로 말하는 건 반칙이에요.”

“우와…… 탓군 멋지네. 이 누나도 깜짝 놀랐어.”

“하아…… 나 참. 자중 좀 해, 타쿠미.”

이상하다. 나는 그저 구매를 고민하는 시노미야에게 용기를 줬을 뿐인데 혼을 내고 진저리를 치는 건 부당한 처사다.

"하, 하지만…… 안노가 그렇게까지 말한다면 살게요."

잠깐 기다리세요, 라며 재빨리 계산대로 향하는 시노미야의 뒷모습을 바라보는데 유즈하 씨가 옆구리를 쿡 찔렀다.

"나한텐 그런 식으로 말한 적 없으면서 리노아한텐 아주 다정하네, 타쿠미."

"유즈하 씨한테도 잘 어울린다고 말했잖아요. 촬영 때도 늘 말하고요. 설마 거짓말이라고 생각하세요?"

"……아니, 그렇진 않아."

흥 하고 코를 울리며 얼굴을 돌리는 유즈하 씨. 그 뺨이 발그레하게 물든 건 못 본 셈 치자.

"이달 말 즉매회. 잊어버리면 안 돼, 타쿠미."

"잊어버릴 리가 없잖아요. 그것 때문에 사진집도 만들었는데요. 꼭 도우러 갈 테니 안심하세요."

유즈하 씨가 입술을 삐죽 내밀며 말했기에 나는 무심결에 쓴웃음 지었다. 수면 부족과 싸우며 준비한 것은 이벤트 참가를 위해서였는데. 그걸 등한시할 거라 여기다니 대단히 유감스럽다.

"그럼 됐고. 원한다면 리노아도 데려와도 돼."

"오, 정말요? 시노미야는 분명 좋아할 테니 말해 볼게요!"

"리노아에게 흥미가 있다면 말이지만."

잘 부탁한다며 유즈하 씨도 계산대로 향했다. 넝쿨째 굴러들어 온 호박, 그야말로 행운이다. 이벤트에 참가하면 시노미야의 '내가 모르는 나' 찾기에도 도움이 될 것이다.

"탓군은 리노아랑 정말 잘 지내네."

애수 띤, 어딘가 부러운 듯한 목소리로 아리스 씨가 말을 걸었다. 나는 그렇지도 않다며 고개를 저었다.

"그냥 그래 보이는 거예요. 제 눈엔 정말 두 사람이 사이가 안 좋은 게 맞는지 신기할 정도예요. 시노미야가 아직 솔직하지 못한 느낌은 들지만, 시간문제 아닐까요?"

"그, 그런가……? 그렇다면 좋겠지만."

내 앞에서만 기운 없는 모습을 보이는 짓은 그만뒀으면 좋겠다. 위로해 주고 싶어지잖아. 분위기를 바꾸고자 나는 억지로 화제를 돌렸다.

"그, 그런데 아리스 씨는 수영복 안 사세요?"

"응? 왜?"

"잘 어울렸거든요. 아, 죄송합니다. 제가 골라 놓고 이런 말을 하는 건 이상하죠? 잊어 주세요."

오늘 하루 동안 평생 할 자화자찬을 다 한 것 같다. 아무래도 슬슬 수치심이 한계에 다다랐다.

"그렇군……. 이게 유키를 함락시킨 탓군의 작업 스킬이구나. 조심해야겠네."

"……네?"

"좋았어! 그럼 나도 사 올게! 잠깐이나마 혼자 외로울지도 모르겠지만 탓군은 매장 앞에서 기다리고 있어!"

금세 태양처럼 눈 부신 미소를 되찾은 아리스 씨는 폴짝폴짝 뛰어서 기세 좋게 유즈하 씨를 쫓아갔다. 정말이지 정신없는 사람이네.

"언니랑 무슨 얘기했나요?"

한숨 돌릴 새도 없이 계산을 마치고 돌아온 시노미야가 등 뒤에서 말을 걸었다. 저음으로 날아 온 기습이었기에 켕기는 짓을 한 것도 아닌데 어깨가 움찔 떨렸다.

"갑자기 말 거니까 깜짝 놀라잖아. 아리스 씨와는 별 얘기 안 했어."

"정말인가요? 스쳐 지날 때 활짝 웃길래 타쿠미가 무슨 말을 한 줄 알았는데…… 기분 탓인가요?"

"기분 탓이야."

"그런가요? 제 기분 탓인가요? 타쿠미한테 수영복이 잘 어울린다고 칭찬이라도 받아서 좋아하는 것 같이 보였는데, 아닌 거죠?"

"……아닐걸?"

"……타쿠미는 바보예요. 바람둥이예요."

입술을 삐죽 내민 시노미야. 아무도 꼬신 적 없거든, 하고 마음속으로 투덜거렸다.

"타쿠미, 이참에 여기서 나가요!"

그렇게 말하고 시노미야는 내 손을 잡더니 뛰기 시작했다. 잠깐 만류할까 생각했지만 유즈하 씨는 어쨌든 아리스 씨와 함께 있어 봐야 좋을 건 없었다. 무엇보다 이렇게 해서 시노미야의 기분이 풀린다면 그보다 좋을 건 없다. 그렇게 생각한 나는 이의를 제기하지 않았다. 하지만 나와 시노미야가 갑자기 사라지면 유즈하 씨와 아리스 씨도 놀라고 걱정할 테니 나중에 연락해 두자. 혼날 것 같지만.

"나가서 어디로 가게? 보고 싶은 게 있어?"

"글쎄요……. 속옷이 좀 작아졌는데 보러 가도 될까요?"

"속옷?! 아니, 잠깐? 얼마 전에 새 걸 샀다고 들었던 거 같은데?"

나도 모르게 시선을 시노미야의 두 언덕으로 보냈다. 매일 새로운 속옷 셀카 사진을 보낸 게 불과 얼마 전이다. 그때보다 더 성장이라도 했다는 건가? 이 페이스로 가다가는 유즈하 씨를 능가하는 것도 시간문제다.

"……타쿠미, 어딜 보는 거예요? 제 눈은 거기 없거든요?"

"으윽?! 미, 미안!!"

"후훗. 타쿠미도 남자네요. 벌로 새 속옷을 골라 주세요."

"어째서?! 수영복 매장보다 더 불편하잖아?!"

수영복도 힘들었는데 속옷을 고르라니 불가능하다고 주장했지만, 시노미야는 고혹적인 미소를 지으며 내 팔을 잡아당겼고 살짝 까치발을 들어 귓가에서 속삭였다.

“타쿠미는 변태예요. 하지만…… 타쿠미라면 봐도 좋아요.”

“시, 시노미야?!”

“그러니까…… 더 저를. 저만을, 봐주세요.”

요염한 소망에 심장이 쿵쾅거리고 얼굴이 새빨개졌다. 그런 나의 반응에 만족했는지 시노미야는 다시 한번, 하지만 이번에는 가련한 미소를 지었다.

제4화 : 첫 이벤트 참가

7월을 목전에 둔 월말. 여름방학 직전의 장애물인 기말고사까지 2주일도 남지 않은 이날. 나는 시노미야와 함께 유즈하 씨가 참가하는 즉매회 장소에 와 있었다.

"타쿠미, 정말 저도 같이 와도 괜찮은 걸까요? 혼자 동떨어지는 거 아닐까요?"

"괜찮아. 지나친 걱정이야. 오히려 시작되면 금방 녹아들지 않을까?"

녹아들기는커녕 유즈하 씨와 나란히 주목의 대상이 될 게 틀림없다. 그렇게 됐을 때를 생각하면 지금부터 전전긍긍이다. 당사자에게는 입막음 당했기에 아직 아무 말도 하지 않았지만.

"그런데 궁금한 게 있어요……. 잠꾸러기 타쿠미에겐 약속 시간이 이르지 않나요? 개장까지 아직 두 시간이나 남았는데요?"

아침부터 시노미야의 지나친 말에 어깨를 으쓱했다.

시각은 현재 오전 9시를 조금 지난 참이었다. 이벤트가 시작되는 시간은 11시 반. 책만 판매하는 거면 시노미야의 의문대로 이를지도 모른다. 하지만 다 이유가 있다.

"멋대로 나를 잠꾸러기 취급하지 마. 이 시간에 약속을 잡은 건——."

"——오래 기다렸지! 타쿠미, 리노아!"

설명하려는 타이밍에 드륵드륵 캐리어를 끌며 팔랑팔랑 손을 흔드는 유즈하 씨가 찾아왔다.

"안녕하세요, 유즈하 씨. 오늘은 잘 부탁드려요."

"아니야, 리노아. 오히려 와 줘서 고마워."

공손하게 고개를 숙인 시노미야에게 유즈하 씨는 싹싹하게 어깨를 두드리며 빙긋 웃었다.

"타쿠미랑 둘이 하기는 힘들 것 같았어. 그래서 리노아가 와 줘서 정말 다행이야."

"저는 판매를 도와드리면 되는 건가요?"

"어렵게 생각할 것 없어, 시노미야. 그냥 캐셔 일만 하면 돼. 손님에게 돈을 받고 책을 건네기. 할 일은 이것뿐이야."

"물론 짬이 나면 쇼핑하러 가도 돼. 리노아를 혼자 두지는 않을 테니 어깨에 힘 빼고 편하게 있어."

유즈하 씨는 여유로운 미소를 지으며 긴장을 풀어 주듯 일부러 가벼운 말투로 말하더니 다시 시노미야의 어깨를 두드렸다.

"자, 여기서 이야기할 게 아니라, 안으로 들어가자."

유즈하 씨의 유도로 나와 시노미야는 이벤트 회장 안으로 들어갔다.

참고로 오늘 이벤트는 '이모션'의 사장이기도 한 우에즈 씨와 관련된 브랜드가 1년에 한 번 주최하는 행사다. 신상품 발매를 겸해 사진집 판매나 촬영 체험회, 런웨이 등을 진행하므로, 유즈하 씨 같은 코스플레이어는 물론 프로 모델이나 여배우도 참여하는 대규모 이벤트다.

회장은 이미 시설이 설치되어 붐볐다. 유즈하 씨의 자리는 벽 쪽 눈에 띄는 곳――요컨대 벽 서클――에 설정되어 있었다.

참고로 배치는 운영 측에서 랜덤으로 정하지만, 서클의 규모가 크거나 유명하여 혼잡을 초래할 우려가 있는 경우에는 벽 쪽이나 셔터 앞에 배치하여 동선을 분리한다.

그만큼 응모 시점에 기재할 것이 많아지지만, 사소한 건 아무래도 좋다. 중요한 것은 개장하면 유즈하 씨의 부스에는 많은 팬이 모여들 거란 사실이다.

각설하고.

하루 동안 싸울 곳에는 운영 측에서 준비한 테이블이 있고, 그 위와 바닥에는 빼곡히 종이 상자가 놓여 있었다. 나는 즉시 내용물에 흠집이 나지 않도록 모두 커터칼로 열었다.

"확인했어요. 책은 전량 문제 없이 왔어요."

행사 준비의 제일 첫 번째는 판매할 책이 정상적으로 도착했는지 확인하는 것이다.

"다행이다……. 이벤트에 몇 번을 참여해도 이 순간은 정말 긴장된다니까."

그렇게 말하며 안도의 한숨을 내쉬는 유즈하 씨의 모습에 나는 덩달아 쓴웃음을 지었다. 처음으로 유즈하 씨와 즉매회에 참가했을 때, 제작한 책이 이벤트 회장에 도착하지 않아서 피가 말랐던 것을 지금도 생생하게 기억한다.

"저기…… 그럼 이 책을 진열하면 되는 거죠?"

"응, 그래. 하지만 그건 타쿠미에게 맡기고 리노아는 나랑 같이 가자."

"네? 무슨 말씀이세요?"

당황한 시노미야에게 유즈하 씨는 미소만 지을 뿐 아무 말도 하지 않고 오른손으로 시노미야의 손을, 왼손으로 캐리어를 끌고 걸어갔다.

"그럼 타쿠미. 여긴 부탁할게. 나는 리노아랑 옷 갈아입고 올 테니까."

"알겠어요. 여긴 맡겨 주세요. 시노미야를 잘 부탁드려요."

"자, 잠깐만요, 유즈하 씨?! 저를 어디에 데려가려는 거죠?! 안노, 도와주세요!"

질질 끌려가는 시노미야가 손을 뻗어 도움을 요청했지만, 나는 미소로 팔랑팔랑 손을 흔들며 조용히 배웅했다. 돌아왔을 때가 두렵지만, 이건 처음부터 예정되어 있던 일이니 용서해 줘. 그렇게 마음속으로 사죄하며 나는 홀로 준비했다.

*****

순조롭게 준비가 끝나고 이벤트가 시작되었다.

"위험하니 장내에서는 뛰지 마세요——!!"

"대기열 맨 끝은 이쪽입니다——!!"

개장 안내 방송과 동시에 눈사태처럼 많은 사람이 장내로 밀려들었다.

점찍은 부스를 향해 쏜살같이 가는 사람. 일단 한 바퀴 빙 둘러보는 사람. 친구끼리 화기애애하게 최애에 대해 이야기 나누며 걷는 사람. 십인십색의 마음을 가슴에 품고 발걸음을 한 손님에게 나는——

"죄송합니다, 호화판은 완판되었고…… 신형 세트라면 아직 있습니다."

홀로 계산대를 지키고 있었다. 처음 참여하는 시노미야는 맨 뒷줄을 가리키는 간판을 들었고, 유즈하 씨는 팬 서비스를 하고 있었다.

참고로 오늘 상품은 세 가지. 신간 2종과 보너스 서적 1종, 유즈하 씨와 투 샷 폴라로이드를 찍거나 혹은 1분 동안 촬영할 수 있는 티켓 1매, 아크릴 스탠드 3종 구성의 호화판(3만 엔). 신간 두 권 세트(1만 엔). 마지막으로 신간 단

품(각 5천 엔)이다. 호화판은 30개 한정 판매였기에 오픈하자마자 품절됐다.

"감사합니다. 신간 세트요? 만 엔입니다. 유즈하 씨의 사인을 원하시는 분은 옆에 줄을 서 주세요. 사진 및 폴라로이드 촬영은 오후 4시 이후부터 예정되어 있습니다!"

"유즈하 씨! 항상 멋진 사진 잘 보고 있어요! 힘내세요!!"

"……고마워."

활짝 웃으며 지금 막 산 신간을 내밀어 응원의 말을 하는 팬에게 유즈하 씨는 고개 숙여 대답하며 슥슥 사인을 했다.

촬영회 때나 이벤트가 시작되기 전의 넘치는 기운은 어디로 갔는지, 전혀 다른 사람 같은 모습이었다. 다만 즉매회에 나오면 유즈하 씨는 늘 이렇기에 팬은 익숙했다. 딱히 놀라지 않았다. 그에 반해 시노미야로 말할 것 같으면,

"네? 제 사진이요? 저는 그냥 도우미라 촬영은…… 죄송합니다."

이쪽은 능숙하게 손님을 다루고 있다. 이건 예상한 대로지만, 뜻밖이었던 건 간판을 든 시노미야가 흡사 유아등(誘蛾燈)처럼 손님을 끌어모은다는 것이었다. 물론 이것에는 시노미야가 귀엽다는 이유도 있겠지만 그뿐만은 아니었다.

"야, 대박이야!! 유즈하 부스에 엄청 귀여운 메이드가

있어!”

“저 코스어는 누구야?! 유즈하 지인인가?! 처음 보는데?!”

“늘 유즈하를 돕는 카메라맨이 부럽다, 젠장!”

나를 시샘하는 목소리도 적지 않았지만, 유즈하 씨의 부스 주위에 있는 사람들이 보이는 감정은 코스플레이어 ‘유즈하’의 구매 대기열을 정리하는 의문의 미녀에 대한 칭찬과 곤혹스러움이 대부분을 이루고 있었다.

그 이유는 바로, 시노미야가 클래시컬한 메이드복을 입고 있었기 때문이다. 유즈하 씨가 가슴께를 대담하게 노출한 천사 같은 흰 메이드복인데 반해 시노미야가 입은 옷은 검은색을 바탕으로 한 롱스커트. 마치 천사의 교육을 담당한 비서 같았다. 나란히 서면 그림이 될 것이 틀림없었다.

“시노미야! 이쪽으로 올 수 있어?! 계산대 일 좀 도와줘!”

“아, 네! 알겠어요! 앗, 하지만 간판은 어쩌죠——?!”

호출 효과는 뛰어났다. 더 이상은 역효과가 날지도 모르기에 복귀시키려 했지만, 처음인 시노미야는 어떻게 하면 좋을지 당황했다.

“간판이라면 제가 들 테니 언니는 계산대로 가세요.”

“네? 가, 감사합니다.”

어쩌면 좋을지 망설이는 시노미야에게 마침 줄의 맨 끝에 선 여성이 말을 걸었다. 당황하면서도 그 사람에게 간판을 건넨 시노미야는 계산대로 총총 들어왔다.

"안노, 간판은 넘겨줬는데 괜찮을까요?"

"괜찮아. 오히려 설명이 부족해서 당황스러웠을 텐데 미안해. 일단 시노미야는 계산대를 부탁할게. 나는 상품을 꺼낼 테니까."

"알겠어요!"

시노미야와 자리를 바꾼 나는 종이 상자를 열어 재고를 보충하며 상황을 확인한 뒤 무심결에 혼잣말했다.

"……대단하네."

규모는 크지만 여름과 겨울의 주요 행사와 비교하면 하루 손님 수는 10분의 1 이하. 이벤트 종료 후 인터넷 판매로 돌리는 분량을 고려해 넉넉하게 찍었는데, 남은 종이 상자는 지금 연 것을 포함해 총 세 개 남았다. 이게 동나면 완판이다.

아직 오픈하고 한 시간도 채 지나지 않았는데 완판 조짐이 보이다니, 놀라지 않을 수 없었다.

"안노, 신간 세트 주세요!"

"알았어. 잠깐만 기다려!"

물건을 건네주며 테이블 위에 늘어놓았다. 모쪼록 원하는 사람 모두의 손에 건네지기를. 만약 사지 못한다면 죄송하다고 마음속으로 사죄하며 나는 옆에 있는 오늘의 주인공에게 말을 걸었다.

"유즈하 씨, 괜찮으세요?"

"………아직 괜찮아."

하루는 길다지만 이다음엔 폴라로이드 촬영과 사진 촬영을 해야 한다. 또한 런웨이도 걷기에 팬을 대응할 수 있는 건 지금 정도밖에 없다. 책이 다 팔리면 사인 행렬도 필연적으로 빠진다. 그때까지 유즈하 씨가 힘내길 바랐다.

"타쿠미, 물 좀 줘."

"여기요."

주위가 북적이니 조금 더 큰 소리로 말해 주면 좋겠다. 목소리가 작으니 얼굴을 들이대고 귓가에서 말해 주지 않으면 안 들린다. 고참들이 '남매 같은 콤비'라고 말해 준 덕분에 일이 무사히 끝났지만, 만약 이게 없었다면 어떻게 되었을는지. 생각만으로도 오싹해진다.

『늘 고생이 많아, 안노. 이건 간식. 다 같이 먹어.』

『이번에도 멋진 사진집을 만들었네, 안노! 기대할게!』

『저, 저기…… 언젠가 저도 찍어 주시겠어요?』

그리고 기쁘게도 손님 중에는 나를【카메라맨 안노 타쿠미】로 인지해 주는 사람도 있어서 말을 걸어 주었다. 내가 찍은 유즈하 씨의 사진을 칭찬해 주는 것은 물론 기쁘지만, 그걸 찍은 나까지 칭찬해 주는 건 또 다른 기쁨이랄까, 하길 잘했다는 생각이 들었다.

그런 생각을 하며 대응하는 내 옆에서는 계산에 익숙해진 시노미야가 리드미컬하게 계산을 처리해 갔다. 그 모습은 영락 없이 유능한 메이드였다. 부르길 정말 잘했다. 끝나면 꼭 감사 인사를 해야 하겠다. 그 전에 이 이벤트를 손님으로서 제대로 즐기는 게 먼저지만.

"안노, 슬슬 보충을 부탁해요!"

"알았어. 바로 준비할 테니 기다려."

이 짧은 시간에 매우 든든해졌다고 감동하며 나는 시노미야에게 신간 세트를 건넸다.

그렇게 약 한 시간 반 뒤. 오후 2시가 되기 전에 우리 유즈하 팀은 모든 대응을 마치고 드디어 한숨 돌릴 수 있었다.

"휴우…… 이번에도 무사히 완판돼서 다행이야. 고마워, 타쿠미. 리노아도 도와줘서 고마워."

"아니에요, 저는 그저 계산만 했을 뿐이라 딱히……."

"아니야. 시노미야가 있어서 나도 유즈하 씨도 당황하지 않을 수 있었어. 정말 엄청나게 도움이 됐어."

코미케에서는 우에즈 사장님이나 '이모션' 직원이 도와주기 때문에 여유롭게 판매 태세를 갖출 수 있지만, 오늘은 사장님이 운영 측이기에 그렇지 못했다. 더구나 체감하기로는 작년보다 손님이 늘어나서 둘이 대응하기에는 더

더욱 불가능했다.

"타쿠미 말이 맞아, 리노아. 메이드복도 잘 어울려서 엄청 귀여우니 리노아에게 눈길이 끌려서 줄 선 손님도 있지 않았을까? 그렇게 생각하면 조금 질투가 나."

"감사합니다. 메이드복을 입어 보고 싶었는데 좋았어요! 아니, 이게 아니라! 왜 제가 메이드가 된 거죠?! 똑바로 설명해 주세요, 안노!"

"그걸 나에게 물어도 말이지. 시노미야에게 메이드복을 입히자고 맨 처음 말을 꺼낸 사람은 유즈하 씨야."

"무관한 것처럼 말하지만 타쿠미도 의욕이 가득했잖아! 틀림없이 눈에 띌 테니 그러자며 오히려 나보다 열심히 어느 메이드복을 입힐지 골랐잖아?"

"그렇군요. 결국 안노는 공범이 아니라 주범이었다는 거군요?"

얼굴을 슥 들이밀더니 밑에서 올려다보듯 가늘게 뜬 눈으로 노려보는 시노미야. 평소라면 시선을 피하고 횡설수설 변명을 늘어놓았겠지만, 드물게 일찍 일어나 열기에 들뜨는 바람에 흥이 오른 지금의 나는 좀 달랐다.

"시노미야에게 어울리는 메이드복을 고르는 것도 제법 힘들었어. 처음에는 유즈하 씨가 입은 것과 색만 다른 걸로 하려고 했는데…… 역시 클래식한 디자인을 고르길 잘한 것 같아."

"살갗 노출이 많으면 이상한 시선을 받아서 리노아가 불쾌해할지도 모른다고 결사반대했지."

"유즈하 씨, 쓸데없는 말이 너무 많아요."

놀리듯 팔꿈치로 쿡 찌르는 유즈하 씨에게 나는 어깨를 으쓱했다.

나와 촬영회를 했다고는 하지만 시노미야는 아마추어다. 유즈하 씨처럼 이런 곳에 익숙하지도 않고 아리스 씨처럼 모델 활동을 하는 것도 아니다. 불특정 다수 앞에서 갑자기 노출이 많은 메이드복을 입기란 정신적으로 힘겹다. 심지어 유즈하 씨에 필적하는 스타일의 시노미야라면 더더욱 그렇다. 그렇게 따지면 메이드복을 입히는 자체를 반대해야 했을지도 모르지만.

"타쿠미는 리노아를 과잉보호한다니까……. 내게도 그 마음의 반이라도 줘 봐라."

"제가 유즈하 씨를 특별하게 여기지 않는 것 같나요?"

그렇다면 전속 카메라맨을 하지 않을 테고 유즈하 씨 말고 다른 코스어의 개인 촬영 의뢰를 받았을 거라고 나는 마음속으로 덧붙였다.

"하아…… 처음 만났을 무렵의 꾸밈 없는 타쿠미는 어디로 간 걸까? 어느샌가 유즈하 누나라고 부르지 않게 됐고 말이야. 난 슬퍼."

"기억을 날조하지 마세요. 한 번도 누나라고 부르지 않았거든요? 시노미야가 진짜로 믿으니까 하지 마세요."
탄식하는 내 옆에서 시노미야가 히죽히죽 웃고 있었다.
"후훗. 쑥스러워하지 않아도 되는데. 언제든 불러도 돼. 타쿠미를 놀리는 건 이쯤 해 두고…… 리노아랑 둘이 회장을 둘러보고 와도 돼."
"말 안 해도 그럴 거예요."
더 이상 같이 있으면 있는 말, 없는 말을 죄다 떠들어댈 것 같아서 참을 수 없었다. 시노미야에게 놀림거리를 제공하기 전에 이탈하는 것이 제일이다. 나는 한숨을 쉬며 일어났다.
"더 도울 일은 없나요? 뒷정리나 아직 할 일이 있지 않나요……?"
"괜찮아. 이제 난 런웨이에 갈 거라 도움을 받아야 할 사진 촬영이나 폴라로이드 촬영까지는 아직 시간이 있거든."
"들었지? 도움만 받으려고 와 달라고 한 게 아니야. 얼른 일어나!"
"잘 다녀와. 내 몫까지 즐기고 와."
팔랑팔랑 손을 흔드는 유즈하 씨의 배웅을 받으며 나는 시노미야의 손을 잡고 부스를 나서 이벤트 회장으로 갔다. 얼핏 시간이 많은 것 같지만 실제로 그리 여유롭게 즐길 수는 없었다.
"정말 괜찮을까요, 안노? 유즈하 씨를 혼자 두어도……."

"괜찮아. 오히려 유즈하 씨는 유즈하 씨대로 인사하러 다니고 싶을 거야. 우리가 있으면 방해가 돼."

"아뇨, 그런 게 아니라. 손님이 오면 제대로 대응할 수 있을까 해서요. 뭐랄까, 다른 사람 같았거든요……."

시노미야가 무슨 말을 하려는지도, 불안해지는 이유도 이해가 되었다. 시작되기 전이나 완판된 뒤의 모습에서는 상상할 수 없는, 직설적으로 말해서 낯을 가리는 완벽한 아싸였으니까.

"안노가 없으면 유즈하 씨는 제대로 접객하지 못하는 게 아닐까요? 그나저나 유즈하 씨는 그런 사람이었나요?"

"유즈하 씨는 피사체로서 프로지만, 대인 커뮤니케이션이 좀 약해. 코스프레를 시작하기 전까지는 극도로 낯가리는 아싸였다고 하고."

"그래요?! 전혀 그런 느낌은 들지 않았는데 의외네요."

"참고로 유즈하 씨를 코스프레의 세계로 끌어들인 건 아리스 씨야."

"네? 왜 언니가……?"

갑자기 가족의 이름이 나오자 놀란 시노미야. 그런 반응이 당연하겠지. 유즈하 씨가 사실 아싸라는 사실도 믿을 수 없을 것이다.

"아리스 씨는 유즈하 씨의 대학 후배였는데, SNS에 올리는 방법 같은 걸 많이 가르쳐줬대. 유즈하 씨는 지금의 자신이 있는 게 아리스 씨 덕분이라고 했어."

"언니가 그런 짓을……. 하지만 어쩐지 언니가 유즈하 씨를 휘두르는 모습이 상상되네요. 제 기분 탓일까요?"

"역시 잘 아네. 그거, 기분 탓이 아니야."

그렇게 시답지 않은 이야기를 나누며 우리는 회장을 걸었다. 완판되어 한숨 돌렸기에 착각할 법하지만 이벤트의 열기는 손님이 늘어날수록 뜨거워진다.

"여기 참여하신 분들은 전부 대단하네요. 진부한 표현이지만…… 엄청난 열의가 느껴져요."

"문화제의 연장선상……이라는 표현도 조금 이상하지만, 여기에는 많은 사람의 【애정】이 모여 있으니까. 그게 자아내는 열정이란 어마어마하지."

그렇게 말하며 나는 주위를 둘러보았다. 코스플레이어는 유즈하 씨밖에 촬영한 적이 없지만, 이런 이벤트에 참가할 때마다 더 다양한 사람을 찍고 싶은 기분이 솟구친다.

"저기, 안노. 한 가지 물어봐도 될까요? 계속 궁금했던 게 있어요."

"뭔데?"

"안노는 왜 사진을 찍는 건가요?"

시노미야의 태연한 질문에 아주 잠시 내 세계에서 소리가 사라졌다. 이 질문은 두 번째지만 제대로 대답하는 건──.

"'순간의 아름다움을 영원히 기록하기 위해서'라고나

할까?"

"……네?"

내 대답에 어리둥절해 고개를 갸웃거리는 시노미야. 무슨 말인지 모르겠지. 나는 쓴웃음을 지은 뒤 말을 이었다.

"우리 아빠는 프로 카메라맨이야. 아빠가 찍은 엄마 사진이 정말 아름다웠지. 어린애가 보기에도 매료될 정도로 말이야."

내가 카메라를 손에 든 계기는 이것이다. 그리고 언젠가 나도 아빠처럼 누군가를 매료시킬 만한 사진을 찍고 싶었다.

"혹시 안노의 첫사랑이 사진 속의 어머니셨나요?"

기껏 멋진 이야기를 하고 있었는데 그 허리를 뚝 부러뜨리듯 히죽거리며 농으로 돌리는 시노미야.

"하하핫! 어쩌면 그럴지도? 뭐, 농담이고. 아빠가 한 말인데, 나도 기록하고 싶은 사람의 아름다운 순간을 찍고 싶어."

실은 이미 찍었지만, 하고 시노미야의 얼굴을 보며 소리 없이 몰래 중얼거렸다. 그날, 목줄을 풀고 굴레에서 벗어난 순간에 보여준 시노미야의 미소야말로 내가 원하던 것이었다.

"왜 그래요, 안노? 제 얼굴에 뭐가 묻었나요?"

"아니, 아니야. 메이드 차림의 리노아가 귀여워서 매료됐을 뿐이야."

“네에에에?! 잠깐만요, 갑자기 무슨 말을 하는 거예요, 안노?!”

“그냥 내 솔직한 감상이야. 게다가 단둘이 있을 때는 이름을 부르기로 약속한 건 리노아잖아?”

“그, 그건 그렇지만…… 하지만 매료되었다니. 이런 이야기는 순서에 따른 흐름이……. 치사해요.”

얼굴을 빨갛게 물들이고 입술을 삐죽 내밀며 우물우물 중얼거리는 시노미야. 날 놀린 대가는 제대로 갚아 줘야지.

“차, 참고로…… 그 순간은 이미 찍었나요?”

“글쎄? 어떨까?”

“앗! 반응을 보니 이미 찍었군요! 누구죠? 유즈하 씨인가요?! 어떤 사진이에요? 저한테도 보여주세요!”

“미안하지만 이것만은 못 보여줘. 특히 리노아에게는.”

내게 당사자 앞에서 “당신이 웃는 순간이에요”라고 말할 배짱은 없다.

“네……? 왜 안 보여주는 건데요?! 앗! 혹시 제게는 보여줄 수 없을 만큼 야한 사진인가요?!”

“왜 그렇게 되는 건데?! 그보다 그렇게 따지면 리노아랑 찍은 사진이 더…….”

“저랑 찍은 사진이 더, 뭐요?”

불쑥 얼굴을 들이대며 묻는 시노미야에게서 나는 무심결에 얼굴을 돌렸다.

시추에이션이나 반 친구라는 관계를 가미하면 유즈하 씨보다 시노미야와 찍은 사진이 더 야한 느낌이기도 하고 부도덕하기도 하다. 그래서 누군가에게 보여주고 싶은 마음과 독점하고 싶은 욕구 사이에서 몸부림치는 거지만.

"어머나. 여전히 사이좋네, 두 사람."

시노미야의 추궁에서 구해준 것은 오늘 이벤트에 운영자로 있는 우에즈 사장님이었다.

"하지만 탓군. 아무리 리노아의 메이드복이 귀여워도 회장 내에서 애정 행각을 벌이면 안 돼."

"오해를 부를 만한 말을 하지 마세요. 애정 행각 같은 건 안 했어요. 그렇지, 리노…… 시노미야?"

"타쿠미 말이 맞아요. 딱히 애정 행각은 하지 않았어요."

그렇게 말하며 빙긋 웃는 시노미야. 마치 복수하듯 우에즈 사장님 앞에서 나를 이름으로 불렀다. 당연히 그것을 들은 우에즈 사장님은 짓궂게 씩 웃으며 팔꿈치로 쿡 찔렀다.

"그렇구나. 결국 탓군과 리노아에게는 이게 일상이란 거구나? 나 참…… 언제부터 그렇게 사랑이 깊어진 거야?"

"사람이 말을 하면 좀 들으세요. 그리고 시노미야는 불에 기름을 붓지 마."

쓸데없이 성가셔지니까, 라고 나는 어깨를 으쓱하며 중얼거렸다. 호흡이 너무 잘 맞잖아. 우에즈 사장님을 상대하는 것만으로도 힘든데 같은 편인 시노미야까지 나를 공격하면 내게 승산은 없다. 질릴 때까지 장난감 취급을 당할 것이다.

"우후훗. 탓군을 괴롭히는 건 이 정도로 하고. 어때, 리노아? 이벤트는 즐기고 있어?"

"네. 아주 자극적이고 재미있어요! 앗, 자극적이라는 건 영감을 준다는 뜻이에요."

시노미야의 그 말을 듣고 나는 속으로 안도의 한숨을 내쉬었다.

앞으로의 일을 고려했을 때, 이런 이벤트를 통해 유즈하 씨를 비롯한 코스플레이어나 거기에 오는 손님이 자아내는 독특한 열기를 느끼길 바랐다. 그 체험이 비밀 촬영회에 변화를 초래하고, 나아가 시노미야가 찾는 것에도 좋은 영향을 미칠 거라 생각했다.

언젠가 같이 갈 수 있다면 좋겠다고 생각하던 차에 마침 유즈하 씨가 타이밍 좋게 제안해 주었다. 순수하게 도움이 필요하기도 했겠지만.

"그렇다면 다행이야! 앗, 그러면 다음은 도우미가 아니라 판매자로 참가하면 좋지 않을까?"

"판매자요?"

"그래! 탓군에게 사진을 많이 찍어달라고 해서 유즈하처럼 책을 만드는 거야! 바로 완판될걸!"

내가 보증해, 라며 엄지를 척 올리는 우에즈 사장님. 평소 유즈하 씨를 비롯한 코스플레이어들과 접하며 이런 이벤트의 운영 측 사람이 그렇게 말한다면 틀림없다.

"게다가 책을 만들면 몰랐던 자신의 일면이 처음으로 보이기도 해. 안 그래, 탓군?"

우에즈 사장님이 물었기에 나는 고개를 끄덕였다. 말이 쉬워 사진집 제작이지 그저 사진을 찍어 책으로 엮으면 완성되는 게 아니다. 애초에 의상은 어떻게 한단 말인가. 사진집 콘셉트는. 스토리를 만들지 말지, 촬영 장소나 시간이나 기간은, 책의 정장은 어떻게 할지, 부수는……. 생각할 게 산더미처럼 많다.

"만약 관심이 있으면 유즈하에게 물어보면 돼. 이벤트 중에는 미덥지 않은 슈퍼 아싸가 되지만, 누가 뭐래도 top of top 중 한 명이니까."

"그건…… 안노한테 물어보면 안 되나요?"

"콘셉트를 어떻게 할지, 어떤 사진을 사용할지를 고려해서 결정하는 건 유즈하 씨니까. 물론 나도 제안은 하지만…… 사진집 제작의 주도권은 유즈하 씨에게 있어."

"……그렇군요."

"어렵게 생각할 것 없어. 처음에는 탓군과 함께 만들면 돼. 익숙해지면 직접 구상하게 될 거야."

유즈하도 그랬고, 라고 덧붙이는 우에즈 사장님. 그 말을 들은 시노미야는 턱에 손을 대고 진지한 얼굴로 생각에 잠겼다.

“지금 당장 결정하지 않아도 돼. 천천히 생각해 봐. 나도 시노미야의 사진집을── 응? 유즈하 씨?”

만들고 싶어, 라고 말하려는데 스마트폰이 부르르르 진동했다. 메시지가 온 줄 알았는데 유즈하 씨의 전화였다.

“여보세요. 무슨 일 있나요, 유즈하 씨?”

『타쿠미…… 도와줘……! 나 혼자서는 역시 무리야……!』

“왜 그러세요? 괜찮으세요, 유즈하 씨?”

『빨리 와……. 이대로 가다가는 나…….』

이 말을 끝으로 뚜뚜뚜 하고 전화가 끊어졌다. 유즈하 씨의 목소리가 아싸 모드였기에 걱정보다도 곤혹스러움이 컸다. 팬이 잔뜩 모여 사인 대응에 쫓기느라 패닉 상태에 빠졌을 것이다.

“유즈하 씨 전화였죠? 무슨 일 있나요?”

“응…… 아마 괜찮을 테지만 잠깐 살펴보고 올게. 그동안 시노미야는── 아니, 같이 가자.”

“잠깐, 안노?!”

이렇게 가련한 메이드를 혼자 두면 무슨 일이 일어날지는 불 보듯 뻔했다.

“죄송합니다, 우에즈 사장님. 잠깐 다녀올게요! 나중에 봬요!”

“조심해서 다녀와. 유즈하한테 안부 전해 주고.”

알겠어요, 라고 대답하고 나는 시노미야의 손을 잡은 뒤 유즈하 씨에게로 서둘렀다.

*****

"그럼 시작합니다──! 3, 2, 1……!"

찰칵, 찰칵, 찰칵, 하고 일정한 템포로 들리는 구호에 맞춰 리드미컬하게 셔터 소리가 울렸다. 그 목소리에 맞춰 유즈하 씨는 수시로 포즈와 표정을 바꿨다.

런웨이도 무사히 끝나고 방문객 대부분이 귀갓길에 오르는 가운데, 유즈하 씨는 1분의 촬영 서비스 대응을 하고 있었다.

"10초 남았습니다. 10, 9, 8, 7……."

나는 타이머를 보며 카운트다운을 시작했다. 촬영에 익숙한 사람답게 셔터를 누르는 데 거침이 없었다. 가까이 다가갔다가 멀어졌다가, 올려다보는 구도로 찍거나 바삐 움직였다. 유즈하 씨 또한 미소를 짓거나, 야무진 표정을 짓거나, 웅크리고, 한 다리로 서거나, 손을 내미는 등 계속해서 움직였다. 즐거워 보이지만 적잖이 체력을 소모하는 데다 그게 이벤트 종료 직전이라면 한계가 가깝다. 호화 세트를 즉시 완판할 정도로 소량만 제작한 것은 이런 의도다.

"――종료됐습니다!"

삐삐삑 하고 타이머가 울리자 마지막 셔터가 눌렸다. 카메라맨은 "감사합니다!" 하고 말한 뒤 유즈하 씨에게 인사하더니 찍은 사진을 만족한 얼굴로 보며 돌아갔다. 그 뒷모습이 보이지 않게 되자 우리는 크게 기지개를 켠 뒤,

"""오늘 하루 수고 많았어!!"""

입 맞춰 말하며 손뼉 쳐 서로를 격려했다. 긴 듯하며 짧은, 그러면서도 알찬 시간이었다.

"후우…… 그럼 나랑 리노아는 옷 갈아입고 올게. 혼자 외로워도 울면 안 된다?"

"그런 말은 됐으니 얼른 가세요."

탈의실 이용 시간은 정해져 있다. 여유 부리다 늦으면 메이드복 차림으로 전철을 타게 될 거다.

"하여튼 차갑다니까. 앗, 이따가 우에즈 씨도 불러서 뒤풀이할 건데 타쿠미랑 리노아도 올 거지?"

"네? 저도 참석해도 되나요?"

설마 자신도 부를 줄은 몰랐는지 시노미야의 눈이 휘둥그레졌다.

"당연하지! 아무튼 리노아는 오늘 최고의 공로자인걸! 안 그래, 타쿠미?"

"그야 뭐, 주뼛거리던 유즈하 씨보다 활약했죠."

"뭐, 뭐야! 그래 봬도 내 나름대론 노력했거든?! 애초에

타쿠미가 빨리 돌아왔으면 그런 일은……!"

끄으응, 하고 한심한 얼굴로 신음하는 유즈하 씨. 울먹이며 발을 동동 구르고 싶지만 필사적으로 참는 모습은 귀여우나 그렇게 말하면 역효과가 날 게 분명했기에 대신 어깨를 으쓱했다.

"그래 봬도 시노미야랑 서둘러 돌아온 건데요……. 앗, 그리고 뒤풀이는 죄송하지만 패스할게요."

"왜?! 설마 나랑 리노아만 있어서 불만인 거야?"

"맞아요! 유즈하 씨와 더불어 안노는 오늘의 주역이잖아요! 안 간다고 하지 마세요!"

미녀 메이드들이 불쑥 몸을 들이대고 항의했다. 유즈하 씨의 두 언덕과 그 골짜기, 시노미야의 옷 위에서도 알 수 있는 풍만한 과실에 압도되지 않도록 시선을 허공에 헤매며,

"저번에 찍은 사진 편집 작업이 아직 남아 있어요. 슬슬 끝내지 않으면 시간에 못 맞출 테니 빨리 해야 해요……."

"……그렇구나. 그런 거라면 어쩔 수 없지. 그럼 오늘 밤엔 타쿠미 없이 리노아랑 코가 삐뚤어질 때까지 마셔도 되겠지?"

"왜 제게 묻는 거죠? 당사자에게 허락받으세요."

나는 시노미야의 보호자가 아니라고 쓴웃음 지으며 말했다. 지명받은 시노미야는 싫은 얼굴을 하기는커녕 환하

게 웃으며 유즈하 씨의 양손을 꼭 잡았다.

"바라던 바예요! 오히려 유즈하 씨와 더 이야기를 나누고 싶었으니 꼭 함께하고 싶어요!"

"후훗. 그럼 결정됐네! 성실한 사람은 내버려 두고 가자, 리노아! 뒤풀이 상황은 적당히 연락할 테니 기대하고 기다려!"

"마음만으로 됐어요. 다만 미성년자도 있으니 너무 과하면 안 됩니다?"

우에즈 사장님이 방파제가 되어 줄 테니 걱정은 하지 않지만, 알코올을 섭취한 유즈하 씨를 완전히 말릴 수 있을지는 미지수다.

"시노미야, 뒤풀이 재미있게 즐기다 와. 무슨 일 있으면 연락하고. 도우러 갈 테니까."

"후훗. 알겠어요. 안노도 작업 열심히 해요."

"잠깐, 타쿠미. 리노아한테는 과잉보호하는 데다 너무 다정하지 않아? 나도 조금 더 받아줘도 되는 거 아니야?"

"유즈하 씨한테는 이미 충분하고도 남을 정도로 다정하게 대하고 있고 받아주고도 있어요. 더 이상은 무리라고요."

내가 다정하지 않고 유즈하 씨를 받아주지 않았다면 지금쯤 다른 코스플레이어의 개인 촬영 의뢰도 받았을 것이다. 이게 무슨 뜻인지 더 확실히 곱씹었으면 좋겠다.

"그럼 전 이만 가 볼게요. 고생 많으셨습니다."

이벤트 회장을 뒤로하고 귀가한 나는 옷도 갈아입지 않은 채 침대에 다이빙했다. 아침부터 인파와 대량의 열기에 시달리고, 더구나 계속 말하는 바람에 피로가 한계에 달했다. 땀으로 몸도 끈적끈적하니 샤워하고 욕조에 몸을 담그고 싶지만, 한 발도 움직이고 싶지 않았다.

"……피곤하다."

이대로 중력에 따라 눈꺼풀을 닫고 꿈나라로 가자. 다행히 내일은 휴일이니 이런 날이 하루쯤은 있어도 괜찮을 것이다. 그렇게 생각하고 베개에 얼굴을 묻으려는데 타이밍이 좋지 않게 스마트폰이 울렸다. 이럴 때 누구냐고 투덜거리며 화면을 확인하고 한숨을 쉬며 전화를 받았다.

"여보세요……. 누구세요?"

『여보세요, 탓군?! 오늘 리노아랑 이벤트에 갔다고 들었는데 사실이야?!』

나도 모르게 스마트폰을 귀에서 떼고 싶어질 정도로 커다란 목소리에 잠이 싹 달아났다. 나는 다시 한숨을 쉬며 무거운 몸을 일으켰다.

"네, 갔죠. 왜요?"

『왜요?! 그걸 말이라고! 어째서 나를 안 부른 거야?! 말해 줬으면 나도 일을 쉬고 갔을 텐데!』

전화 너머로 발을 동동 구르는 아리스 씨의 모습이 쉽사리 상상되었다. 그보다 이벤트에 시노미야도 참가했다는 정보를 대체 누구에게 들었을까?

『유키가 사진 보내줬어! 나도 메이드복을 입은 리노아를 직접 보고 싶었다고!』

그렇군, 범인은 유즈하 씨였구나. 아마 틈이 났을 때 스마트폰으로 둘이 나란히 찍은 셀카를 보냈을 테지. 성가신 짓을.

“마음은 이해하지만, 일을 쉽게 쉴 수 있는 건 아니잖아요? 그리고 이런 커뮤니케이션은 제가 아니라 시노미야와 하세요.”

『음, 무리! 아직 리노아랑은 관계 회복을 준비하는 참이란 말이야!』

“대체 언제까지 꾸물거리고 있을 건가요? 준비는 이제 됐어요. 시간이 너무 오래 걸리잖아요.”

『왜 그런 말을 해? 탓군, 그거 알아? 팩트로 때리는 건 때로 사람을 괴롭게 한다고. 어쩐지 내게만 엄격하지 않아? 유키나 리노아한테 하듯이 다정하게 해줘!』

쿵쿵, 테이블인지 뭔지를 주먹으로 때리는 소리가 들렸다. 유즈하 씨도 그렇고, 아리스 씨도 그렇고, 다정함에 굶주린 건가? 어른은 나보다 힘든 일도 많을 테니 이해 못 하는 바는 아니지만.

“어엿한 어른이니 힘내세요. 게다가 말했잖아요? 시노

미야도 화해하길 원한다고. 앞으로 어떻게 할지는 아리스 씨 하기 나름 아닌가요?"

다만, 다가온 아리스 씨에게 시노미야가 솔직해질 수 있을지도 문제이기는 하다. 아무튼 한 번 제대로 대화의 자리를 마련해서 누군가가 용기 내 한 발 내디디지 않는다면 아무것도 변하지 않을 것이다.

『하아…… 있지, 탓군. 나는 어쩌면 좋을까? 타임머신을 만들어서 과거로 돌아가는 방법 말고는 생각나지 않아.』

"그런 걸 만들 시간이 있으면 바로 마음부터 전하세요. 제게 전화할 시간에 시노미야에게 전화하시라고요."

딱히 아리스 씨와 대화하는 게 귀찮은 건 아니다.

『무시당하면 어떡해?! 착신 거부했을지도 모르잖아?! 만약 그렇다면 회복하지 못할 거야!』

"……아리스 씨도 성가신 구석이 있네요. 정말로 착신 거부한 것도 아니잖아요."

나도 모르게 속마음이 입 밖으로 나오고 말았다. 과거를 질질 끈다고 해서 부담이 줄어들지는 않는다.

"힘내세요. 뒤에서 지켜보며 응원할게요."

『잠깐, 탓군?! 아직 얘기 안 끝났는데?! 리노아가 이벤트에서 어땠는지를 아직——.』

아리스 씨의 말을 끝까지 듣지 않고 나는 통화를 끝냈다. 이런 건 시간이 해결해 줄 거라고 생각했지만, 실질적인 손해까지는 없더라도 이렇게 사사건건 고민을 토로하면 힘들다. 하지만 자매 문제에 제삼자가 더 이상 참견해도 될지 역시 고민스럽기는 하다.

"……아, 그러고 보니 그때——."

거기서 문득 머릿속에 스친 기억. 과거에 딱 한 번, 유즈하 씨와 크게 싸우고 화해했을 때가 떠올랐다.

*****

"네에?! 유즈하 씨랑 안노가 싸운 적이 있어요?!"

우에즈 씨에게 끌려가 이벤트 회장에서 선술집의 룸으로 향했다. 유즈하 씨가 말하기를, 작년에도 이 가게에서 뒤풀이를 했던 모양인데, 이벤트장에서 가깝고 음식과 술도 맛있었기에 또 선택했다고 한다.

"몇 년 전에 딱 한 번이었지만, 그건 일생일대의 큰 싸움이었지, 유키?"

가게에 들어온 지 한 시간쯤 지났을 때. 적당한 피로에 알코올이 더해져 평소보다 더 말이 많아진 우에즈 씨가 갑자기 유즈하 씨와 안노 사이에 일어난 대사건을 이야기했다.

"아하하. 그 정도는 아니에요, 우에즈 씨. 그때는 젊은 혈기에 그랬지만 지금은 전혀 그렇지 않아요. 그 무렵엔

저도 까칠했거든요!"

"무슨 소리야. 지금도 크게 변하진 않았잖아? 그런 건 탓군에게 조금쯤 자유를 준 다음에 말해."

"무슨 말씀이세요, 우에즈 씨. 저는 타쿠미를 마수에서 지켜 주는 거라고요. 절대로 독점하려거나 호시탐탐 제 것으로 만들려고 하는 게 아니에요!"

그렇게 말하며 유리잔을 홱 들고 술을 깔끔하게 들이켜더니 한 잔 더 요구하는 유즈하 씨. 그걸 보고 쓴웃음 지으며 어깨를 으쓱하는 우에즈 씨. 덩달아 나도 쓴웃음을 지었다.

"우에즈 씨. 두 사람이 싸운 이유는 뭐였나요?"

"우후훗. 별 이유는 아니야. 탓군이 다른 코스어한테 개인 촬영 의뢰를 받아 사진을 찍었을 뿐이지. 그렇지, 유키?"

"네, 맞아요. 게다가 당시부터 엄청나게 인기 있던 코스어의 의뢰를 말이에요. 나 참, 제가 있는데 바람을 피우다니……. 타쿠미, 이 바보!"

화를 풀풀 내는 유즈하 씨를 대신해 우에즈 씨가 말해주었다. 안노가 아직 중학생이라 왕초보 카메라맨이었을 때, 유즈하 씨와 처음으로 사진집을 만든 직후에 의뢰가 있었다고 한다. 게다가 그 의뢰인이 나도 알고 있는, 반 친구가 이따금 화제에 올릴 정도로 엄청난 인기 코스플레이어였다.

"캬아…… 그때 유키는 지금 생각해도 굉장했어. 의뢰는 거절할 수 없다고 누나인 척 탓군과 동행했다니까."

"어, 어쩔 수 없잖아요! 그때 타쿠미는 멋있다기보다 귀여움이 강했으니까! 만에 하나의 가능성도 있으니 보호자 역할이 필요하잖아요?!"

사건이 일어난 뒤에는 늦는다고, 라며 누군가가 듣는다면 위험한 발언을 하는 유즈하 씨.

"저기, 유키. 네가 할 소리야?"

우에즈 씨조차 진저리 치며 딴죽을 걸었다. 만약 여기에 안노가 있었다면 분명 같은 말을 했을 것이다.

"저기…… 그럼 결국 안노가 멋대로 개인 촬영 의뢰를 받은 게 싸움의 시작이었던 건가요?"

"응, 맞아. 위험하니 아무 의뢰나 받으면 안 된다고 귀에 못이 박히도록 말했는데. 하지만 타쿠미도 대단해. 다양한 사람을 찍고 싶다면서 화를 내지 뭐야."

"유키도 만만치 않아. 그건 탓군의 마음에 있는 카메라맨으로서의 습성 같은 것이니 신경 쓰면 안 된다고 했는데……."

그 뒤 처절한 언쟁으로 이어져 싸움이 났고, 유즈하 씨는 자기혐오에 빠지면서도 자존심 때문에 사과도 하지 못한 채 그저 낙심했다고 우에즈 씨는 말했다.

"그럼 안노와 유즈하 씨는 어떻게 화해했나요? 설마 대화로~는 아니겠죠?"

"그게 말이지…… 이 두 사람은 촬영회를 했어. 게다가 탓군의 제안으로. 유키도 솔직하지 못해서 먼저 사과할 마음은 없었고, 탓군도 어떻게 하면 좋을지 몰랐어. 그래서 선택한 게 촬영이라는 게 또 탓군답지."

그렇게 말하며 우에즈 씨는 웃었다. 말을 하기보다 사진을 찍는다. 확실히 안노다운 방식이다.

"렌즈를 통하면 솔직해질 수 있어. 코스어와 카메라맨의 관계는 신기하지? 말없이 사진을 찍는 이상한 광경인데, 탓군이 찍은 유키는 다 멋졌어. 그때 찍은 사진이 처음으로 좋아요 만 개를 달성했지?"

참고로 이거야, 라며 내가 물을 줄 알고 우에즈 씨가 사진 한 장을 보여주었다. 그것은 유즈하 씨가 무방비한 모습으로 소파에 앉아, 특별한 것 없는 사진. 자연스럽고 귀여운데 더해 이상하리만큼 섹시해서 눈을 뗄 수 없었다.

"유키도 렌즈 너머라면 솔직해질 수 있으니 신기해. 탓군이 찍고 싶은 자신, 탓군에게 찍히고 싶은 자신을 척척 조정하다니, 놀라운 광경이었어."

촬영이 끝난 뒤, 두 사람은 동시에 "미안해"라며 머리를 숙이고 사과했기에 웃음이 나왔다면서 우에즈 씨는 웃으며 술을 들이켰다.

"나는 잘 모르겠지만, 얼굴을 보고는 힘들어도 렌즈 너머라면 솔직해질 수 있는 거겠지. 리노아도 그런 거 아닐까?"

"……네?"

"타쿠미가 사진을 찍어 준다며? 게다가 타쿠미가 그러더라. 리노아가 내게 관심이 있다고."

짤랑, 하고 유즈하 씨가 들고 있던 유리잔 속의 얼음이 예쁜 소리를 냈다. 입가에 요염한 미소를 지으며 빤히 바라보는 유즈하 씨의 모습에 나도 모르게 숨을 삼켰다.

"그 관심은 코스플레이어 【유즈하】에 대한 거야? 아니면…… 시노미야 아리스의 친구인 【유즈리하 유키】에 대한 거야?"

"……알고 계셨나요?"

"뭐, 타쿠미에게 듣기 전부터 어렴풋이. 다만 둘 다 듣고 싶다는 게 맞는 표현이려나? 리노아는 자기가 모르는 언니 이야기를 나한테 듣고 싶지?"

유즈하 씨의 지적에 나는 고개를 끄덕였다. 언니는 고등학교를 졸업함과 동시에 집을 나갔다. 고등학교에 다닐 때부터 부모님의 반대를 무시하고 모델 일을 했으니 자취할 돈은 있었던 모양이다. 내가 아는 건 여기까지고, 그 이후의 일은 모른다.

"리노아는 아리스랑…… 언니랑 화해하고 싶지?"

"……네. 예전처럼 언니와 이야기하고 싶어요. 왜냐하면 언니는 저의——."

동경의 대상이거든요, 라고 나는 말할 수 없었다. 그 말을 하면 지는 것 같은 기분이 들었다.

"그걸 솔직하게 본인한테 말하면── 하긴, 그게 가능하면 누가 고생하겠어."

"유키는 가끔 똑똑해진다니까."

"우에즈 씨, 쓸데없는 추임새 넣지 마요. 시간을 들여서 하는 방법도 있기야 하지만, 쇠뿔도 단김에 빼라잖아. 무슨 좋은 방법이…… 아."

"뭔가 생각났나요?"

"나 혼자서는 할 수 없지만, 이게 아마 가장 빠르지 않을까? 한번 상의해 볼 테니 기다려."

"……괜찮아, 유키? 술김에 덜컥 맡으면 안 돼."

"후훗. 저는 지극히 제정신이에요, 우에즈 씨. 안심해, 리노아. 아리스와 네 사이는 우리가 어떻게든 해줄 테니까."

그렇게 자신만만한 얼굴로 말한 유즈하 씨는 재차 유리잔을 비웠다. 약간의 불안을 품은 내게 우에즈 씨가 어깨를 두드렸다.

"속 편한 소리지만 유키랑…… 리노아의 파트너를 믿어 봐."

"제 파트너요? 그건 혹시──."

그게 누구를 가리키는지는 말할 것도 없었다. 나는 마음속으로 누구보다 신뢰하는 남자의 이름을 중얼거렸다.

*****

이벤트 다음 날. 나는 아직 피로가 남은 몸을 채찍질하며 유즈하 씨네 집으로 향했다. 나로서는 카페 같은 곳에서 이야기를 나누고 싶었지만, "가끔은 우리 집에 놀러 와!"라며 물러서지 않았다.

"어서 와, 타쿠미. 시간에 딱 맞게 왔네."

"실례하…… 세상에, 짐은 여전히 많네요. 정리 좀 하는 게 어떨까요?"

유즈하 씨의 집으로 들어가자 인터넷 쇼핑몰의 종이 상자 더미가 눈에 들어왔다. 죄다 자기가 산 게 아니라 팬들이 선물해 준 것이라니 놀라웠다.

참고로 나는 최대한 오지 않도록 할 뿐이지 유즈하 씨네 집에 오는 것은 이게 처음은 아니다. 몇 번인가 밥을 얻어먹은 적도 있다.

이건 여담이지만, "귀찮으니 같이 살지 않을래?"라며 농담인지 진담인지 모를 말을 한 적도 있다. 당연히 단호하게 거절했다.

"실례네! 아직 괜찮아! 발 디딜 곳은 있으니까!"

"그건 괜찮은 수준이 아닙니다."

초인기 코스플레이어가 실은 정리할 줄 모르는 지저분

한 여자라면 다들 어떻게 생각할까? 응, 정이 떨어지기는 커녕 빈틈이 있다며 오히려 호감도가 오를 것 같다.

"우리 집이 지저분한 건 지금은 아무래도 좋아. 오늘은 나랑 상의할 일이 있어서 온 거지?"

"네. 유즈하 씨에게만 부탁할 수 있는 일이어서요……."

"후훗, 그렇게 주뼛거리지 않아도 돼. 나도 타쿠미한테 리노아랑 아리스 일로 상의할 게 있으니 마침 잘됐어."

"네? 유즈하 씨도요?"

설마 상의할 내용이 겹치다니 깜짝 놀랐지만, 냉정하게 생각해 보면 어젯밤에 연락해서 이렇게 오늘 만난 시점에 이상한 일이었다. 평소라면 서로 이벤트 다음 날은 푹 자는데.

"전화가 온 순간부터 알고 있었어. 정말 타쿠미는 리노아에겐 사족을 못 쓰는구나."

"……딱히 그렇지도 않아요. 그렇게 따지면 유즈하 씨한테 훨씬 더할 텐데요?"

"그런가? 그러면 다음에 타쿠미네 집에서 자고 가도 되지? 리노아랑 하룻밤을 보냈다면 나랑도 할 수 있잖아?"

"……누구에게 들었습니까?"

인간은 경악이 극에 달하면 진지해진다.

"어제 리노아한테 들었어. 안노가 어리광쟁이가 돼서 정말 귀여웠다고 기쁜 표정으로 말하더라고. 조금 질투 나

던데?”

머리가 지끈거렸다. 시노미야는 대체 무슨 생각이야? 하필이면 유즈하 씨한테 말하다니, 최악이다. 분위기에 취해 말실수한 건가?

“질투라뇨. 사귀는 것도 아닌데 이상한 소리하지 마세요.”

“이상한 소리라니, 지금까지 수도 없이 물었잖아? 언제쯤이면 같이 살 수 있냐고. 대답을 보류한 건 타쿠미잖아?”

그렇게 말하며 몸을 슥 들이대는 유즈하 씨. 그 표정은 렌즈 너머로 볼 때보다 고혹적이라 마치 사자에게 홀린 어린 양이 된 기분이었다.

“노, 농담은 적당히 하세요, 유키 씨.”

“훗, 눈치는 있네. 유즈하라고 불렀으면 밀어 넘어뜨렸을 거야.”

“……제발 부탁이니 잠꼬대는 잘 때만 하세요.”

“잠꼬대 아닌데……. 뭐, 이 얘긴 나중에 하고, 지금은 시노미야 자매 얘기부터 하자. 아마 나와 같은 생각일 거 같은데.”

그렇게 말하며 유즈하 씨는 소파에 앉았다. 옆에 앉으라고 소파를 탁탁 두드렸기에 나는 한숨을 쉬며 그곳에 앉았다.

“서로를 사랑하는데 솔직해지지 못하는 못 말리는 자매를 화해시킬 방법은——.”

거기서 일부러 말을 끊고 뻔뻔한 미소를 짓는 유즈하 씨.

아무래도 정말로 똑같은 생각을 하는 모양이라 기뻐졌다. 즉, 화해시킬 방법은――.

*****

이벤트 다음 날 밤. 나는 오랜만에 가족과 함께 ――물론 언니는 없지만―― 저녁을 먹고 있었다.

"리노아. 이제 곧 기말고사인데 공부는 잘돼가니?"

"네. 문제없어요."

온화한 얼굴로 묻는 아버지에게 내가 생각해도 서먹하게 대답했다. 어제 뒤풀이에서 유즈하 씨와 우에즈 씨와 함께 밥을 먹을 때처럼 즐거운 분위기는 아니었다. 단란한 가정과는 거리가 먼 긴장에 감싸여 숨이 막혔다. 지금 뭘 먹고 있는지 맛도 알 수 없었다.

"이제 곧 여름 방학이라고 긴장을 풀면 안 돼. 시험이 금방 오니까. 대학은 선택했니?"

"아뇨, 거기까지는 아직……."

"나 참. 원체 느긋하니 대학은커녕 어떤 학부에 진학할지도 결정하지 못했겠지. 그래서야 주위 아이들과 차이가 벌어져."

일부러 진저리 치듯 말하며 어머니가 어깨를 으쓱했다. 회사를 설립 후 몇 년 만에 일류 기업으로 성장시킨 이 사람에게 나의 사고는 거북이처럼 둔하고 답답하겠지.

"죄송합니다. 하지만 하고 싶은 일을 찾기가 쉽지 않아서……."

"안일한 소리 마. 애초에 자기가 하고 싶은 일을 할 수 있을 거란 이상은 버리려무나. 어른이 되면 하기 싫은 일을 해야 할 때가 훨씬 많으니까."

"……네."

"시간은 아직 많아. 너무 안달 낼 건 없어. 리노아의 인생이야. 후회하지 않도록 깊이 생각해 보거라."

"나 참…… 당신이 그렇게 다 받아주니까, 아리스가 겁도 없이――!"

명백하게 언짢아진 어머니와 그것을 달래는 아버지. 지긋지긋한 대화에 나는 난감해졌다.

빨리 언니처럼 이 집을 나가고 싶다. 지금 당장 이 새장에서 탈출하고 싶다.

하지만 나는 언니처럼 일을 해서 돈을 버는 것도 아니니 바로 자립할 수 있을 정도의 자금도 없다. 그렇게 생각하자 언니는 나와 달리 일찍부터 장래를 생각하고 행동했다는 걸 통감했다.

그런 내가 할 수 있는 일이 있다면 얼른 밥을 먹고 내 방에 틀어박혀 기말고사 준비를 하며 내가 모르는 나를 발견할 수단을 고민하는 것. 즉, 안노와의 촬영을 생각하는 것이며, 그것이 이 집에서 내 마음이 쉴 수 있는 소중한 시간이다.

한숨을 참고 식사를 재개하려는데 주머니에 들어 있던 스마트폰이 부르르 떨렸다. 메시지를 보낸 사람은 안노. 웬일로 연락했나 생각하며 내용을 확인했다. 그것을 본 순간, 심해까지 가라앉아 있던 내 기분이 소리 내며 부상했다. 왜냐하면——.

『——리노아 사진을 찍게 해줄래?』

별일이다. 안노가 먼저 촬영을 제안했기 때문이다.

제5화 : 리노아와 아리스

이 나라에는 선한 일은 급하게 하라, 철은 뜨거울 때 쳐라, 마음 먹은 날이 길일이다, 라는 속담이 있다.

나는 그 말에 따라 내일부터 기말고사가 시작되는 것도 잊고 시노미야를 꼬셔 촬영 스튜디오로 향했다.

"오늘은 대체 무슨 바람이 분 거죠, 타쿠미?"

그 길에 내 얼굴을 들여다보며 어딘가 즐거운 얼굴로 시노미야가 물었다.

"응? 뭐가?"

갑자기 시노미야의 웃는 얼굴이 눈앞에 다가와 내심 놀라면서도 그것이 겉으로 드러나지 않도록 애쓰며 냉정하게 대답했다.

"시치미 떼지 마세요. 제게 사진을 찍게 해달라는 말은 지금껏 한 적이 없었잖아요."

"그게 왜? 내가 리노아를 찍고 싶으면 안 돼?"

"누가 안 된대요? 오히려 타쿠미가 먼저 제안해 줘서 기뻐요. 하지만 오늘 촬영회는 뭔가 있죠? 유즈하 씨랑 뭔가를 꾸민 건가요?"

"눈치가 빠르네. 맞아."

시노미야의 날카로운 감에 나는 쓴웃음을 흘렸다. 아무

래도 계획이 너무 뻔했던 것 같다. 이 상태라면 동생과 달리 둔할 것 같은 또 한 명의 게스트도 우리 의도를 알아챘을 듯하다.

"어서 와, 리노아, 타쿠미. 오늘은 잘 부탁해!"

스튜디오에 도착하자 그곳에는 유즈하 씨와 우에즈 사장님이 있었고, 조명이나 세트 조정을 하는 중이었다.

"저야말로 잘 부탁드립니다! 유즈하 씨 같은 사진집을 만드는 것도 아닌데 이렇게 훌륭한 장소를 제공해 주셔서 감사합니다!"

"후훗. 신경 쓰지 마. 나도 뒤에서 볼 수 있어서 즐겁거든. 리노아도 어깨에 힘 빼."

집에서밖에 해 본 적 없는 시노미야에게 스튜디오 촬영은 즐거움인 동시에 긴장될 테고, 늘 찍히는 입장인 유즈하 씨에게는 뒤에서 준비하는 것이 신선하고 즐거울 것이다.

"어서 와, 리노아! 오자마자 미안한데, 의상이 준비되어 있으니 갈아입을래? 유즈하, 안내해 줘."

"알겠어요. 리노아, 이쪽으로 와. 같이 가자."

"아, 네! 그럼 안노, 다녀올게요."

"응, 다녀와. 어떤 의상을 입고 올지 기대하고 있을게."

팔랑팔랑 손을 흔들며 탈의실로 사라지는 두 사람을 배웅했다. 참고로 나는 오늘 촬영에서 시노미야가 입을 의상을 모른다. 시추에이션이나 세트, 사용할 소품은 유즈하 씨나 우에즈 사장님과 상의해서 결정했지만, 의상은 당일을 기대하라며 알려주지 않았다. 굳이 나에게 서프라이즈를 할 필요가 있나 싶지만.

"우후훗. 두 사람이 어떤 반응을 할지 기대된다. 오랜만에 설레."

"사장님. 오늘은 자매가 화해하기 위한 촬영회라는 걸 잊지 마세요."

"물론이지! 잊지 않았어! 그래서 비장의 의상을 준비했는걸! 탓군도 흥분해서 분명 헤벌쭉해질 거야!"

자신만만한 표정과 함께 찡긋 윙크를 날리는 우에즈 사장님. 대체 무슨 자신감인가 싶으면서도 우에즈 사장님이 이렇게까지 말하는 걸 보면 오늘 의상이 상당한 야심작인 듯했다. 조금 기대된다.

"이제 와 하는 말이지만 탓군. 두 사람에게 미리 말하지 않아도 정말 괜찮은 걸까? 패닉 상태에 빠져서 누가 도망갈 수도 있잖아?"

"괜찮을 거예요. 그래서 일부러 아이템까지 준비했다고요. 알아챘을 때는 이미 도망칠 수 없을 거예요."

"내가 말하기는 좀 그렇지만, 정말 지독한 생각을 했네."

"신나게 준비했으면서 무슨 말씀이세요. 그보다 또 한 명의 게스트—— 아리스 씨는 벌써 왔겠죠?"

생색 내려는 건 아니지만, 오늘 촬영은 시노미야와 아리스 씨가 세트로 진행된다. 다만 이 일은 본인들에겐 말하지 않았다.

"응, 벌써 옷 갈아입고 기다리고 있어. 물론 다른 층에 있으니 서로 여기 있는 건 모를 거야."

"그거 다행이네요. 집합 시간을 다르게 한 보람이 있어요."

이 촬영의 핵심은 촬영 시작 직전까지 두 사람이 서로의 존재를 알지 못하게 하는 것. 만약 도중에 대면하기라도 했다가는 즉시 기분이 언짢아져서 촬영회가 진행되지 않을 것이다.

"그럼 슬슬 아리스한테 다녀올게. 30분쯤 지나면 리노아도 준비가 다 될 테니 탓군도 서둘러."

"알아요. 사장님도 준비한 대로 부탁드려요."

맡겨 줘, 하고 미소와 함께 엄지를 치켜들며 우에즈 사장님은 아리스 씨가 대기 중인 탈의실로 갔다. 흡사 용광로에 떨어지는 사이보그 같았지만, 공교롭게도 비슷한 거라곤 체격뿐이라 신뢰감은 그 정돈 아니었다.

"……좋았어. 나도 정신 바짝 차리자."

짝, 하고 뺨을 때리며 기운을 북돋은 뒤 카메라 세팅을 시작했다. 준비는 완벽했다. 이 촬영회에서 시노미야 자매의 불화에 결판을 내겠다.

그리하여 기다리기를 30분 남짓. 우에즈 사장님이 말한 시간에 준비를 마치고 눈을 가린 시노미야가 유즈하 씨의 손에 이끌려 탈의실에서 나왔다.

“오, 오래 기다렸죠, 안노.”

“어때, 타쿠미? 리노아 의상 귀엽지?”

우에즈 씨 가게 신상이야, 라며 의기양양한 모습의 유즈하 씨에게 동의하는 건 대단히 유감이었지만 인정할 수밖에 없었다. 옷을 갈아입은 시노미야는 엄청나게 귀여웠다.

“후훗. 다행이다, 리노아. 타쿠미도 참, 너무 귀여워서 굳었어.”

“그, 그래요? 안노, 감상을 들려주세요.”

주뼛거리며 불안한 듯한 목소리로 묻는 시노미야는 어울리지 않는다고 생각하는 모양이지만 그것은 기우였다.

색깔은 기본적으로 하얀색. 커다랗게 쫑긋 선 토끼 귀 머리띠를 머리에 쓰고. 가슴에 달린 커다란 리본과, 눈 둘 곳을 모를 만큼 외설적인 하이레그 컷. 그곳에 이어지듯 허벅지에서 가터벨트가 뻗어 있기에 어쩔 수 없이 시선이 사로잡힌다. 또한 최종적으로 그물 타이츠에 힐을 신은, 그야말로 호화로움을 가득 담은 의상이었다. 유즈하 씨는 뭐 이런 옷을 준비한 거야?

“뻔한 말이라 미안하지만…… 바니걸 시노미야는 정말 귀여워. 지금 당장 예뻐해 주고 싶을 정도야.”

“예뻐해요?! 아, 아이참…… 이상한 소리하지 마세요,

안노."

솔직한 감상을 말하자 시노미야는 뺨을 붉혔다.

내가 생각해도 조금 변태 같지만, 만약 유즈하 씨가 없었다면 머리를 쓰다듬었을 것이다.

"어머나. 질투 나네. 나한테는 한 번도 그런 말을 한 적이 없는데. 야, 타쿠미. 나도 리노아랑 똑같이 입으면 예뻐해 줄 거야?"

"자자. 의미 없는 질투심은 치우시고 얼른 시노미야를 안내해 주세요."

내가 진저리 치며 말하자 유즈하 씨는 입술을 삐죽 내밀며 "알았어" 하고 시노미야를 촬영 세트로 데려갔다.

"저, 저기…… 이 눈가리개는 언제까지 해야 하나요? 대체 왜 눈을 가린 거죠?"

"후훗. 연출이야, 연출. 바니걸 미녀가 눈을 가리다니, 몹시 흥분되는 시추에이션 아니겠어?"

"그, 그러게요……."

유즈하 씨의 설명에 나로서는 전면적으로 동의하는 바지만 당사자인 시노미야는 곤혹스러운 모습이었다. 말할 것까지도 없지만 이건 표면적인 이유였다. 진실은 따로 있었다.

"하지만 그런 거면 사진을 찍기 전에 두르면 되지 않나요? 방에서 나올 때부터 가릴 필요가 있나요?"

이 지적에는 아무 말도 하지 못하고 나와 유즈하 씨는 나란히 쓴웃음을 지었다. 언제 어떤 상황에도 감이 무디지 않은 것은 훌륭할 따름이다. 하지만 여기까지 왔으니 때는 이미 늦었다.

"리노아, 여기 소파가 있으니 앉아. 타쿠미, 준비됐어?"

"언제든 가능해요. 시노미야, 눈을 가린 채로 몇 장 찍을게."

"아, 네…… 알겠어요."

고개를 끄덕인 시노미야의 목소리는 조금 떨렸다. 평소와 다른 환경과 처음으로 눈을 가려 시야가 차단된 이 상황에서는 무리도 아니지만, 그 음성에 흥분의 기색이 배어 있는 것을 알아챘다.

"와…… 이렇게 새삼 보니 참 완벽한 선택이네. 리노아에게 바니걸은 분명 어울릴 줄 알았어!"

침대에 시노미야를 앉힌 유즈하 씨는 거친 콧김을 내뿜으며 시노미야의 온몸을 샅샅이 쳐다보았다.

"가, 감사합니다……?"

"맵시로 봤을 때도 느꼈던 거지만, 리노아는 가슴이 참 크네. 참고로 무슨 컵이야? 만져 봐도 돼?"

"그게…… 저번에 재 봤을 때는 G인가 H라고 했던 것 같은데…… 앙, 자, 잠깐만요, 유즈하 씨. 그렇게…… 만지지 마세요……!"

얼굴을 새빨갛게 물들이고 몸을 뒤틀며 교성을 지르는 시노미야. 봐서는 안 될 금단의 꽃밭에 발을 들인 기분이 들었지만, 그래도 셔터를 누르지 않을 수는 없었다.

"아, 안노…… 찍지 마세…… 으읏, 유, 유즈하 씨, 이제 그만…… 하아읏!"

"오오…… 타쿠미, 대박이야. 리노아의 얼굴이 엄청나게 야해."

"……좋네요."

시각이 차단되어 촉각이 예민해졌기 때문인지 유즈하 씨의 손놀림에 초래되는 미약한 쾌감에 시노미야는 입술을 꽉 깨물며 음란한 숨결이 새어 나오지 않도록 견뎠다. 하지만 그 표정이 오히려 타고 난 요염함을 증폭시키는 형태가 되어 나는 셔터에서 손가락을 뗄 수 없었다.

촬영하면서 수도 없이 봤지만, 지금 눈앞에서 펼쳐지는 것은 차원이 다르다. 나는 몇 번이나 마른침을 삼키며 두 사람의 아름다운 모습을 기록했다.

"자자! 유키, 그 정도로 해! 성희롱으로 고소당한다?"

이 이루 말할 수 없이 이상한 분위기에 종지부를 찍은 사람은 우에즈 사장님이었다. 살았다고 중얼거림과 동시에, 그가 이곳에 있다는 것은 또 한 사람도 있다는 뜻이기에——.

"자자잠깐?! 왜 눈을 가린 리노아가 유키랑 백합 플레이를 하고 있어?! 나도 같이 하고 싶…… 아니지! 어떻게 된 일인지 설명해 주세요!"

"어머나. 진정해, 리노아. 두 사람의 촬영에 방해되잖아."

"촬영?! 오늘은 유키와 저의 팀코를 탓군이 찍어준다고 했잖아요?!"

우에즈 사장님의 양쪽 어깨를 잡고 흔들며 외치는 이는 오늘 또 한 명의 주인공, 동생과는 색이 다른 핑크 바니걸 차림의 시노미야 아리스 씨였다.

그리고 당연히 이렇게 소란스러우니 아무리 유즈하 씨가 몸을 더듬고 있더라도 시노미야가 알아채지 못할 리 없었고,

"앗, 이 목소리는, 언니?! 어떻게 여기에……?!"

이성을 되찾은 시노미야가 확 패닉 상태에 빠졌다. 이렇게 됐으니 촬영은 일시 중단할 수밖에 없었다. 유즈하 씨는 설명하듯 눈가리개를 풀고 시노미야를 해방해 주었다.

"안노, 이게 대체 어떻게 된 일이죠?! 왜 여기에 언니가 있는 건가요?!"

"……유키가 꾸민 거죠?"

"글쎄? 무슨 소린지 모르겠네."

"진정해, 시노미야. 제대로 설명할 테니까."

각각의 발안자에게 추궁하는 자매. 돌변하여 냉정함을 되찾은 아리스 씨가 노려보았지만, 유즈하 씨는 휘파람을

불며 시치미를 뗐다.

그에 반해 시노미야는 동요를 감추지 못했다. 하필이면 복잡한 감정을 품고 있는 언니에게 쾌감으로 뺨을 물들인 모습을 보였으니 이런 반응을 한대도 어쩔 수 없다. 이게 다 유즈하 씨 잘못이다.

"잔말 말고 아리스도 저쪽으로 가."

"하지 마, 유키! 등을 밀지 말라고! 탓군도 뭐라고 좀 해?!"

"맞아요, 안노! 유즈하 씨랑 무슨 꿍꿍이가 있을 줄은 알았지만 그건 혹시――."

아무래도 시노미야는 알아챈 모양이지만 톱니바퀴는 이미 돌아가기 시작했고, 결전은 시작되었다. 즉, 이미 늦었다는 뜻이다. 나는 씩 웃은 뒤 시노미야 자매에게 선고했다.

"오늘은 시노미야와 아리스 씨의 자매 팀코 촬영회를 거행하겠습니다!"

""에에엥?!?!""

"자자! 둘 다 놀라지 말고 준비해!"

우에즈 사장님이 짝짝 손뼉을 쳤고, 진정할 여유도 주지 않겠다는 듯 아리스 씨의 등을 억지로 밀어 시노미야에게 데려갔다. 그렇게 자리를 바꾸듯 유즈하 씨가 내 옆에 다가왔다.

"타쿠미, 넌 참 행복한 녀석이야."

이제부터 진짜 전쟁이 시작될 텐데 어쩐지 성취감을 내보이며 유즈하 씨가 내 어깨를 툭 두드리더니 의미심장하게 말했다.

"네? 무슨 뜻이죠?"

도무지 맥락 없는 말이라 나는 진저리를 쳤다.

"리노아의 가슴을 마음대로 할 수 있는 권리가 있잖아?"

"느닷없이 무슨 소리예요?"

"엄청 말랑말랑하고 부들부들했어! 그건 한 번 만지면 중독될 거야! 탄력이라면 나도 뒤지지 않지만!"

"아, 예. 안 물어봤어요."

머리가 지끈거렸다. 유즈하 씨와는 오래 알고 지냈지만, 그중에서도 손에 꼽게 대응하기 어려운 발언이었다. 내게 만져서 비교라도 해 보라는 말인가? 유감스럽지만 그런 주변머리는 없다.

"유키, 바보 같은 소리 그만해. 탓군, 리노아랑 아리스는 준비됐으니 촬영을 시작하자."

진심으로 고개를 절레절레 저으며 우에즈 사장님이 말했지만, 그 덕분에 나는 유즈하 씨에게서 도망칠 수 있었다. 뒤에서 혀 차는 소리가 들렸지만 무시하고 카메라를 든 채 엄청나게 귀여운 두 마리의 토끼 앞에 섰다. 그리고 아직 당황해 살며시 거리를 둔 채 겸연쩍은 듯한 자매에게 애써 밝은 목소리로 말을 걸었다.

"그러면 바로 시작할게요. 포즈는 평소처럼 시노미야…… 리노아에게 맡길게. 아리스 씨도 자유롭게 하셔도 됩니다. 제가 부탁드리고 싶은 건 하나뿐이에요."

"뭐죠, 안노?"

"뭐지, 탓군?"

"둘 사이의 거리를 가깝게 해주세요. 결코, 절대로, 떨어지지 않도록 말이에요."

내가 활짝 웃으며 말한 순간, 두 사람의 얼굴이 믿을 수 없을 정도로 굳었다. 완전히 똑같은 반응을 하는 자매가 재미있어서 나는 큭큭 웃은 뒤 단숨에 말했다.

"오늘 사진의 이미지는 '사이좋은 바니걸'이에요. 데면데면하면 안 돼요. 오히려 두 사람이 끌어안을 정도면 좋겠어요. 참고로 이걸로 책을 만들 예정이니 성실하게 해주세요."

"채, 책?! 그러니까 나랑 리노아의 동인지라는 거야?! 유키, 그런 얘기는 못 들었는데?!"

"안노, 어떻게 된 거죠? 저도 처음 듣는데요……."

결코 시노미야와 아리스 씨가 얘기를 듣지 않았다거나 놓친 게 아니다. 처음부터 동인지 얘기는 이 자리에서 처음 하기로 정해져 있었다.

"참고로 두 사람이 입은 바니걸 의상은 유키가 디자인 제작한 거야. 홍보를 겸한 사진집을 만들자는 얘기는 예전부터 나왔지만, 색깔도 다르니 그렇다면 리노아랑 아리스에게 입히는 게 어떨까 했지."

내가 말하려던 내용을 우에즈 사장님이 대신 다 말해 주었다.

자매 팀코 촬영회는 돌발적이지만 사진집 제작은 달랐다. 본래는 유즈하 씨가 솔로로 제작할 예정이었지만, 시노미야 자매의 화해에 이 바니걸 의상을 이용할 거면 겸사겸사 책으로 만들자는 얘기로 진행된 것이다.

"모델은 많아서 나쁠 게 없으니까. 게다가 가끔은 나 말고 다른 여자를 타쿠미에게 찍게 해주려고."

유즈하 씨는 윙크를 날리며 미소와 함께 말했지만, 조건은 여름 방학에 숙박을 포함한 촬영회에 가는 것이었다. 게다가 단둘이.

"마, 말이 쉽지…… 언니는 몰라도 저 같은 아마추어가 실리면 안 되지 않나요……?"

"그런 건 신경 쓰지 않아도 돼! 오히려 이건 리노아 말고는 해낼 수 없으니까!"

"게다가 아리스는 귀여운 여동생이 있다고 공언했잖아. 리노아의 첫 등장으로 화제가 될 게 틀림없어! 의상에도 이보다 더 좋을 수 없는 홍보가 될 거야."

"두 사람 말이 맞아, 리노아. 나도 보증해. 자신감을 가져."

"아, 안노가 그렇게 말한다면…… 노, 노력해 볼게요."

삼인삼색의 격려를 받아 시노미야는 부끄러운 듯 고개를 숙인 채 끄덕였다. 다행이다. 이제 시노미야는 됐다. 그런데 유즈하 씨는 뺨을 잔뜩 부풀리고 토라졌기에 나와 우에즈 사장님은 나란히 쓴웃음을 지었다.

"하아…… 유키가 제작한 의상이라면 어쩔 수 없지. 리노아의 데뷔 책을 성공시키기 위해서도 언니가 분발해야지!"

"어, 언니?!"

힘차게 선언하는 아리스 씨에게 놀란 목소리를 내는 시노미야. 든든하기 그지없지만 떨어져 있는 나나 유즈하 씨도 알 수 있을 정도로 그녀의 어깨가 떨리고 있었다. 당연히 곁에 있던 시노미야가 그것을 몰랐을 리 없다.

"우리가 할 말은 끝났어. 타쿠미, 시작해."

"네. 무슨 일이 있으면 바로 지시를 부탁드릴게요, 유즈하 씨."

그렇게 말한 뒤 나는 다시 두 사람에게 카메라를 향했다. 표정에는 아직 당혹스러운 기색이 남았지만, 결심한 아리스 씨가 시노미야와 어깨가 맞닿을 정도까지 다가갔다. 그리고 그 가느다란 허리에 손을 감고 꽉 안았다. 미술관에 장식된 그림 같은 자매의 모습을 목도하자 입에서 감탄의 한숨이 새어 나올 것만 같았다.

"잠깐, 언니?! 갑자기 뭘——?!"

"쉿. 내가 아니라 카메라를 봐, 리노아."

“찍습니다……. 3, 2, 1──.”

모델 활동을 하기도 하여 사진을 찍히는데 익숙한 아리스 씨는 옆에서 복잡한 감정을 품고 있는 동생이 있어도 렌즈를 향한 표정은 완벽했다. 그와는 대조적으로 시노미야는 갑작스러운 일에 동요해 표정도 굳은 채 좀처럼 긴장을 풀지 못했다.

“리노아, 표정이 조금 딱딱해. 어깨에 힘 빼.”

“죄, 죄송합니다…….”

풀 죽어 미안한 듯 어깨를 떨구는 시노미야. 어쩌면 좋을까? 기껏 바니 미녀가 모여 아름다운 분위기가 연출되고 있으니 이 기회를 놓치고 싶지 않았다.

“있지, 리노아. 예전에는 언니랑 어땠어?”

“……네?”

나의 느닷없는 질문에 얼굴을 든 시노미야. 긴장을 억지로 풀 건 없다. 애초에 이 촬영의 주요 목적은 자매의 화해다. 그렇다면 내가 해야 할 일은 이전에 그랬듯 두 사람이 가슴속에 품고 있는 마음을 토로하게 하는 것.

“예, 예전에는…….”

뭐라고 대답할지 시선을 헤매며 생각하는 시노미야. 그런 동생을 아리스 씨가 꽉 안았다.

“예전에는 이렇게 스킨십을 했지? 리노아.”

“……응.”

깜짝 놀랐다. 몰래 뒤에 숨겨 둔 오이를 알아채고 펄쩍 뛰는 고양이 같은 반응을 할 줄 알았는데 시노미야는 몸에 힘을 빼고 기댔다. 그 머리를 아리스 씨는 갓난아기를 달래듯 부드럽게 쓰다듬었다.

"미안해, 리노아."

"……언니?"

아리스 씨의 갑작스러운 사죄에 시노미야는 얼굴을 들고 놀라면서도 눈동자를 빤히 바라보았다. 나는 조용히 두 사람의 모습을 바라보며 셔터 버튼을 눌렀다. 찰칵, 찰칵, 소리가 울려 퍼지는 가운데, 아리스 씨는 오랫동안 쌓인 동생에 대한 참회의 마음을 털어놓았다.

"내가 멋대로 행동해서 너에게 민폐를 끼쳤어. 아니, 현재 진행형으로 끼치고 있지……."

"……맞아. 언니 때문에 정말 힘들어."

그렇게 말하며 시노미야는 머뭇머뭇 아리스 씨를 안았다. 그리고 그녀 또한 쌓였던 언니에 대한 마음을 토로했다.

"언니가 나간 뒤로…… 아빠도 엄마도 이상해졌어……. 그래서 나도 힘들고, 괴로워서……. 그런데 언니는 자유롭게 마음껏 하고 싶은 걸 하는 게 너무 부럽고 질투 나서……."

"응, 응…… 미안해, 리노아."

"하지만…… 나는 그런 언니가 정말 좋아."

"……응?"

눈이 휘둥그레진 아리스 씨. 시노미야는 눈가에 방울진 보석이 떨어지지 않도록 필사적으로 참으며 미소와 함께 독백했다.

집을 나가자마자 언니가 싫어졌다. 영원히 함께 있어 줄 줄 알았는데 아무 말도 없이, 이유도 없이, 갑자기 사라졌으니 배신당한 듯한 기분이 들었다.

그 뒤 약 1년. 잠시 들른 서점에서 언니가 잡지 표지를 장식한 것을 우연히 발견했다. 그곳에 찍힌 언니의 모습은 집에서는 본 적이 없을 정도로 반짝거렸고 정말 멋졌다.

"싫어하고 싶었어. 다시는 꼴도 보기 싫었어. 하지만 싫어지지 않았어. 엄마와 아빠가 언니를 나쁘게 말해도…… 자기가 하고 싶은 걸 발견해서 즐겁게 하는 언니를 보니 싫어할 수 없었어."

"리노아……."

"하지만 나는 언니처럼 될 수 없어. 집을 나갈 용기도 없고, 혼자 살 힘도 없어. 그렇지만 최소한 내가 모르는 나를 알고 싶어서…… 그래서……."

렌즈 너머로 시노미야와 시선이 마주쳤다. 눈물이 뺨을 따라 주룩 흐르는 그 얼굴에는 언젠가와 비슷하게 웃음이 가득 떠올라 있었다. 아리스 씨도 미소를 지으며 렌즈를 보았다. 두 사람의 아름다움에 매료되며 나는 셔터 버튼을 눌렀다.

"그래서 탓군에게 사진을 찍어 달라고 한 거야?"

"응……. 내가 모르는 나를 알고 싶어서……."

어떻게 하면 그것을 알 수 있을지 생각했다. 그때 떠오른 것은 잡지에 실려 있던 언니의 모습. 평소 청초하다거나 공주님이라는 말을 듣는 자신과 정반대인 사진을 찍는다면 사진 속의 자신은 내가 모르는 내가 아닐까? 그렇게 생각했다.

"탓군이 찍어 줘서 알아낸 게 있어?"

"나도 언젠가…… 언니처럼 자유롭게 살고 싶어. 아빠와 엄마의 말대로가 아니라 내가 하고 싶은 걸 발견해서 자유롭게 살고 싶어. 내가 하고 싶은 게 뭔지는 아직 모르겠지만, 하지만 지금은…… 안노가 사진을 찍어 주는 순간만은 그러고 싶다고 생각해."

"……있지, 탓군. 렌즈 너머로 비치는 리노아는 탓군에게 어떻게 보여?"

갑자기 아리스 씨에게 질문을 받아 나는 셔터 버튼에서 손을 뗐다. 시노미야의 표정이 불안으로 흐려졌다.

방과 후 교실에서 교복을 풀어 헤치고 있던 시노미야, 집에서 처음으로 사슬에서 해방된 시노미야를 본 순간에 느낀 마음을 입 밖에 냈다.

"내가 사진을 찍는 이유를 가르쳐 준 사람이야, 리노아는."

"……무슨 뜻인가요?"

어리둥절한 시노미야와 아리스 씨. 그러자 유즈하 씨는 한숨을 쉬며 어깨를 으쓱했다.

"리노아는 순간의 아름다움을 영원히 남기고 싶은 사람이라는 뜻이야."

그때는 흐려진 내 말에 시노미야의 얼굴이 순간 새빨개졌다. 아리스 씨는 흐뭇하게 미소 지었고, 유즈하 씨는 뺨을 부풀리며 머리를 탁 때렸다.

"어디서 똥폼을 잡아!"

"아야, 아파요! 왜 때려요, 유즈하 씨!"

스튜디오에 충만하던 무거운 분위기가 사라졌다. 내가 생각해도 고백을 넘어 프러포즈 같은 대사였다는 생각이 들어서 얼굴에서 김이 날 정도로 부끄러웠다. 그것은 나뿐만 아니라 시노미야도 마찬가지였다.

"후훗. 얼굴이 새빨개졌어, 리노아. 왜 그러는 걸까?"

"몰라. 심장이 엄청 두근거려……. 이런 건 처음이라…… 안노의 얼굴을 못 보겠어!"

너무 부끄러워서 참을 수 없다는 듯 아리스 씨의 어깨에 얼굴을 묻은 시노미야. 그러자 아리스 씨는 히죽히죽 입가에 비열한 미소를 지으며 내게 시선을 보냈다. 좀 봐줘라. 고백받은 적은 수도 없이 많을 텐데 그렇게 순진한 반응을 하지 말라고.

"잘됐네, 리노아. 탓군이 발견해 줘서."

"응. 안노…… 타쿠미 덕분에 다양한 나를 알 수 있었고, 무엇보다 이렇게 또 언니와 이야기할 수 있게 됐어요. 정말 고마워요, 타쿠미."

"고마워, 탓군."

"감사 인사를 하고 싶은 건 저예요."

그렇게 말하며 나는 셔터 버튼을 눌렀다. 두 번 다시 없을, 응어리가 풀리고 서로를 끌어안은 시노미야 자매의 모습을 기록으로도 기억에도 담을 수 있어서 나도 만족스러웠다.

"그럼 다음은 침대로 이동할까?"

"네——에! 화해도 했으니 리노아와 진하게 얽혀 볼까!"

"잠깐, 언니?! 가슴이랑 이상한 데를 만지지 마! 타쿠미, 사진 찍지 말고 도와주세요!"

"아리스 씨, 옷이 흐트러지니 적당히 하세요."

"나도 알아! 자, 리노아. 침대로 가자. 오랜만에 언니가 부둥부둥해 줄게."

침대에 누워 시노미야를 품에 안은 아리스 씨. 아름다우면서도 친밀하고 귀여운 모습에 매료되지 않을 인간은 없을 것이다.

"자. 슬슬 나도 옷을 갈아입고 준비해야겠네. 대충 다 찍으면 불러, 타쿠미."

"알겠어요. 유즈하 씨, 여러모로 감사했어요."

"아니야, 아리스가 동생과 화해하기를 계속 바랐거든. 그보다 타쿠미, 네게 한 가지 하고 싶은 말이 있는데 해도 될까?"

"뭔데요?"

유즈하 씨는 조용히 다가와 얼굴을 슥 들이대고 귓가에서 달콤한 목소리로 속삭였다.

"나도 꼭 타쿠미의 기억 속에 담아 줘."

그리고 떨어지며 뺨에 쪽 하고 키스했다. 내 입에서 소리 없는 비명이 새어 나오며 뭉크 같은 표정을 지었다.

아리스 씨는 와아아 하고 입가에 손을 대고 "유키, 대담하네~"라고 말했고, 시노미야는 말 그대로 쏜살같이 침대에서 뛰어 내려와 내 손을 잡고 유즈하 씨에게서 떼어내며 나를 꽉 안았다. 좋은 냄새가 나는 데다 부드럽고 편안했다.

"자, 자, 잠깐만요, 유즈하 씨?! 뭘 하시는 거죠?!"

뺨을 부풀리며 유즈하 씨에게 항의하는 시노미야. 하지

만 유즈하 씨는 개의치 않고 뻔뻔한 미소를 지으며 탈의실로 향했다.

"그럼 타쿠미, 나중에 보자. 리노아, 아리스. 촬영 열심히 해."

바이바이, 라며 손을 흔드는 유즈하 씨. 나를 품에 안은 채 부루퉁한 얼굴로 그 뒷모습을 노려보는 시노미야. 이 속에 영원히 감싸이고 싶은 마음은 굴뚝 같지만 슬슬 놓아주지 않으면 이성이 못 버틸 것이다.

"저기 리노아? 슬슬 촬영을 재개하고 싶은데 괜찮을까?"

"……알겠어요. 유즈하 씨에게 키스를 당해서 흐물흐물해진 타쿠미의 정신이 바짝 들 사진을 찍을 수 있도록 노력할게요!"

"흐물?! 누가 흐물흐물해졌다는 거야?! 말도 안 되는 소리 하지 말아 줄래?!"

"그 기세야, 리노아! 같이 탓군을 홀리자!"

"아뇨, 언니는 얌전히 있어요. 이건 저와 타쿠미의 문제니까요."

"너무해?! 섭섭한 소리하지 말고 같이 탓군을 꼬시자! 탓군도 한 명보다 두 명, 자매 덮밥이 더 좋지?!"

"……참아 주세요."

하필이면 자매 덮밥이라니. 그런 건 야한 동인지에나 있는 이야기다. 현실에서는 일어날 수 없다. 차분한 분위기는 어디로 갔는지. 시끌시끌 소란스러워져서 나는 무거운 한숨을 내쉬며 어깨를 으쓱였다.

이후. 검은 바니걸 의상으로 갈아입은 유즈하 씨가 합류해 촬영회는 한층 더 떠들썩해졌다. 하지만 렌즈를 통해 본 세 사람의 모습은 가련하고 아름답고 요염해서. 이 순간을 사진으로 찍을 수 있어 나는 다만 행복을 느꼈다.

에필로그

"하아…… 피곤하다."

여름방학 전 최대의 장벽인 기말고사. 그 마지막 날 마지막 과목을 마치고 나는 크게 기지개를 켰다. 이 시기에도 당연하다는 듯 심야까지 작업을 진행했기에 심신이 한계에 다다랐다. 오늘은 집에 가서 자자. 그렇게 생각하고 일어나려는데 가슴 주머니에 넣어 두었던 스마트폰이 부르르 떨렸다. 이 느낌에는 이미 익숙해졌다. 보낸 사람은 확인할 것까지도 없이 옆자리의 시노미야.

『지금 바다에 가지 않을래요?』

"아니…… 지금?"

옆을 보자 시노미야는 스마트폰으로 입가를 가리며 의기양양하게 씩 웃고 있었다. 그 얼굴을 보고 나는 깨달았다. 이건 농담이 아니라고.

*****

"으음——! 기분 좋네요!"

구름 한 점 없이 맑은 날씨와 아름다운 바다. 뜨거운 햇살이 쏟아지고, 이따금 부는 부드럽고 선득한 바람이 기분 좋았다. 시각은 오후. 반쯤 대여 상태인 해변도 개장과 함께 인파로 넘쳐날 것이다.

"와, 진짜로 와버렸어……. 게다가 돗자리까지 사서……."

모래사장 위에 편의점에서 산 돗자리를 펴고 앉은 나는 어이없다는 듯 중얼거렸다. 옆에 있는 시노미야는 다리를 뻗고 쉬고 있었다.

"바다는 어렸을 때 온 뒤로 처음이라 어쩐지 신선하네요. 타쿠미는 어떤가요?"

"나도 오랜만이야. 애초에 아빠랑 엄마의 일이 너무 바빠서 나들이 자체를 해 본 적이 별로 없었고."

눈을 가늘게 뜨며 이글이글 타오르는 태양을 올려다보았다. 말로 뱉고 보니 슬픈 어린 시절이긴 하지만 별로 신경 쓰지는 않는다. 그 이유는 분명 아빠와 엄마가 해준 여행 이야기가 재미있었기 때문이리라.

"그래서, 왜 갑자기 바다에 온 거야? 기말고사 뒤풀이? 꼭 바다가 아니어도 되잖아? 사진을 찍고 싶어졌어?"

"아니에요. 오늘은 촬영이 아니라고요. 시험이 끝났으니 타쿠미랑 데이트하고 싶어졌어요."

"그렇군……."

냉정하게 대답했지만 내 속마음은 그렇지 못했다. 그렇구나, 이건 데이트였구나. 의식하자마자 얼굴이 뜨거워지고 심장 고동도 빨라졌다.

"후훗. 교복 차림으로 바다 데이트, 아주 멋진 시추에이션이네요."

그렇게 말하며 시노미야는 신발뿐만 아니라 양말도 벗고 일어섰다. 설마 하고 생각하며 나는 그 모습을 지켜보았고, 그 예상은 훌륭하게 적중했다.

"꺅! 생각보다 차갑지만 기분 좋아요!"

파도가 칠 때마다 꺅꺅거리는 시노미야. 얕은 곳이라 발목까지밖에 젖지 않아 괜찮지만 문제는 그게 아니다. 발로 차올릴 때마다 치마가 들썩여 그 안의 속옷이 힐끔 보일 것 같아서 눈 둘 곳을 모르는 게 문제였다.

"카메라…… 갖고 올걸 그랬네."

그리고 내 입에서 이런 말이 나온 것도——.

그런 불평을 하면서 생떼를 써 봤자 어쩔 수 없기에 스마트폰을 꺼냈다. 그런 나의 거동을 알아챈 시노미야는 그 의도까지 눈치채고 후훗, 웃은 뒤,

"타쿠미도 이쪽으로 오지 그래요?! 같이 들어가요! 정말 기분 좋아요!"

활짝 웃으며 손짓하는 시노미야. 역광을 받아 반짝반짝 빛나는 그녀의 모습은 숨을 삼킬 정도로 아름다워서 마치 바다에 강림한 여신 같았다. 나는 바다에 가자고 제안해 준 데 감사하며 셔터 버튼을 눌렀다.

"사진도 좋지만 바다도 좋아요! 빨리 와요!"

"알았어. 알았다고."

나는 맨발로 일어서서 일부러 돌아온 시노미야에게 이끌려 함께 바다로 들어갔다. 시노미야가 말한 대로 바닷물은 서늘하게 차가웠지만 반사되는 햇살과 어우러져 기분 좋았다.

"있잖아요, 타쿠미. 여름방학에는 어떻게 할까요?"

"느닷없이 무슨 소리야?"

"실은 여름방학이 되면 언니랑 같이 놀이공원에 가기로 했거든요. 아직 좀 긴장되지만 정말 기대돼요."

"그렇구나……."

"언니랑 화해할 수 있었던 것도 타쿠미 덕분이에요. 이루 말할 수 없이 감사해요."

감사합니다, 라며 고개를 숙이는 시노미야. 내가 한 거라곤 그저 두 사람의 사진을 찍은 것뿐이다. 예전처럼 돌아갈 수 있었던 건 시노미야가 노력했기 때문이다.

"앗, 하지만 안심하세요. 타쿠미와도 시간을 보낼 거니까요! 데이트도 많이 해요!"

"언제부터 촬영회가 데이트로 변했지?"

그렇게 말하면서도 마음속은 소란스러웠다. 콕 집어 말할 수는 없지만, 데이트라는 말을 들으니 저절로 의식하게 되었다.

"집이나 스튜디오에서 촬영하는 것도 나쁘지 않지만 가

끔은 로케이션 촬영도 해요. 내년 여름엔 수험 준비로 바빠질 테니 이 여름이 기회예요!"

"그래…… 그건 그렇지."

오히려 빠른 사람은 고2 여름부터 대학 수험에 대비해 공부를 시작하지만, 공교롭게도 나는 아직 진로조차 정하지 않았다. 부모님도 재촉하지 않으니 이번 방학 동안 느긋하게 고민할 생각이었다.

"바다나 수영장, 여름 축제에 불꽃놀이도 좋지요! 타쿠미, 거기서 다양한 저를 찍어 줄 거죠?"

"물론이지. 오히려 내가 부탁하고 싶어."

시노미야의 수영복 차림이나 유카타 차림을 찍을 수 있다고 생각하면 갑자기 흥분된다. 다만 필연적으로 남들 앞에 그 모습을 드러내게 될 테니 독점할 수 없는 게 대단히 아쉽다. 그런 생각을 하는데 시노미야가 스윽 다가와,

"타쿠미가 바란다면 타쿠미 전용 수영복과 유카타를 준비할게요."

"내 전용이라니, 그게 무슨——."

뜻, 이라고 내가 묻기도 전에 시노미야가 귓가에서 달콤한 목소리로 속삭였다.

"저를…… 저만을 봐 달라는 말이에요."

그렇게 말한 뒤 요염한 미소를 짓는 시노미야의 모습에 심장이 벌렁거렸다. 나는 시선을 피하며 '이미 그렇게 됐

거든' 하고 생각했고, 말로 하기는 부끄럽기에 말 대신 시노미야에게 물을 튕겼다.

"꺅?! 해 보자는 거죠, 타쿠미! 복수예요!"

에잇, 하고 귀여운 목소리를 내며 지지 않고 시노미야가 발을 차올려 물방울을 튕겼다.

"잠깐, 리노아! 발로 하면 안 돼! 치마 속이 보이니까 하지 마!"

"어머! 타쿠미는 변태예요! 보지 마세요! 오늘은 보여줘도 될 속옷이── 앗, 무슨 말을 하게 하는 거예요! 이 바보!"

"트집 잡지 마!"

쓸데없는 언쟁을 하며 나는 머지않아 찾아올 여름방학이 기대되었다. 시노미야가 있으면 최고의 여름이 될 것이다.

"잊지 못할 여름방학을 만들어요, 타쿠미!"

반짝이는 햇살을 받은 리노아의 미소는 눈부셔서 나도 모르게 스마트폰을 들고 사진을 찍었다.

작가 후기

오랜만입니다, 아마네 메구미입니다.

『살짝 부끄러워하는 모습을 내게만 보여주는 학원의 공주님 2』를 구매해 주셔서 감사합니다.

1권에서는 방과 후 빈 교실에서 학급의 공주님인 히로인의 비밀을 안 뒤 다양한 시추에이션으로 촬영을 했는데요, 2권에서도 그건 건재합니다.

작중의 계절은 여름. 여름 하면 바다. 그렇다면 가장 먼저 떠오르는 건 수영복. 실제로 바다나 수영장에 가는 것도 좋지만, 개인적으로는 수영복을 사러 가는 시추에이션을 좋아합니다(웃음).

그리고 이건 여름에 한정된 이야기인데요, 지난 몇 년은 동인지 즉매회에 자주 갔습니다. 일반 참가뿐만 아니라 서클 도우미로서도 참가했는데, 현장에 들끓는 열기는 어마어마합니다. 2권의 이벤트 장면은 그런 체험을 바탕으로 썼습니다.

그런데 1권에서도 쓴 것 같은 그것(?)의 스포일러인데요, 2권에서도 목욕 장면은 없습니다. 왜 쓰지 않냐고 돌을 던지지 마세요. 그 대신 교복은 흠뻑 적셨으니까요! 부도덕한 투명감은 냈다고요!

여기서부터는 감사 인사입니다.

담당자 S씨. 시추에이션 상담 등 여러모로 도와주셔서 감사합니다! 물에 젖어 비치는 장면을 비롯해 메이드복에 수영복, 나아가 바니걸까지 하고 싶은 걸 다 했는데 이해해 주셔서 감사합니다.

일러스트레이터 유키미야 유게 선생님. 바쁘신 와중에 2권도 일러스트를 담당해 주셔서 감사합니다! 표지 일러스트 속 여름 복장 리노아의 미소는 상상했던 마지막 장면 그 자체여서 감동했습니다!

그리고 독자 여러분. 이번 작품으로 아마네의 책을 처음 접하시는 분, 그리고 과거작부터 계속해서 구매해 주시는 분, 모두 깊은 감사를 드립니다. 여러분 덕분에 책을 쓸 수 있습니다.

그리고 본서의 출판에 관련된 많은 분. 다시 한번 이 책을 구매해 주신 독자 여러분, 정말로 감사합니다!

그럼 어딘가에서 또 여러분과 만날 수 있기를 바라며 글을 맺겠습니다.

아마네 메구미

살짝 부끄러워하는 모습을 내게만 보여주는 학원의 공주님 2

2026년 2월 15일 1판 1쇄 발행

저　　　자 아마네 메구미
일 러 스 트 유키미야 유게
옮　긴　이 조민경
발　행　인 유재옥
이　　　사 조병권
편　집　부 정영길 박치우 조찬희 이소의 정지원 최유정 김혜주
디자인랩팀 김보라 전세연
디지털사업팀 김지연 윤희진 장혜원
라이츠사업팀 김정미 유아현
영업마케팅팀 김민 최연욱
물　류　팀 백철기
경영지원팀 최정연
인쇄제작처 ㈜코리아피엔피
발　행　처 ㈜소미미디어
등　　　록 제2015-000008호
주　　　소 서울시 마포구 토정로222, 502호 (신수동, 한국출판콘텐츠센터)
판매 및 마케팅 (070) 8822-2301

ISBN 979-11-384-8905-8
ISBN 979-11-384-8840-2 (세트)